# 受け日＜うけひ＞

## 新釈古事記伝＜第四集＞

阿部國治・著
栗山　要・編

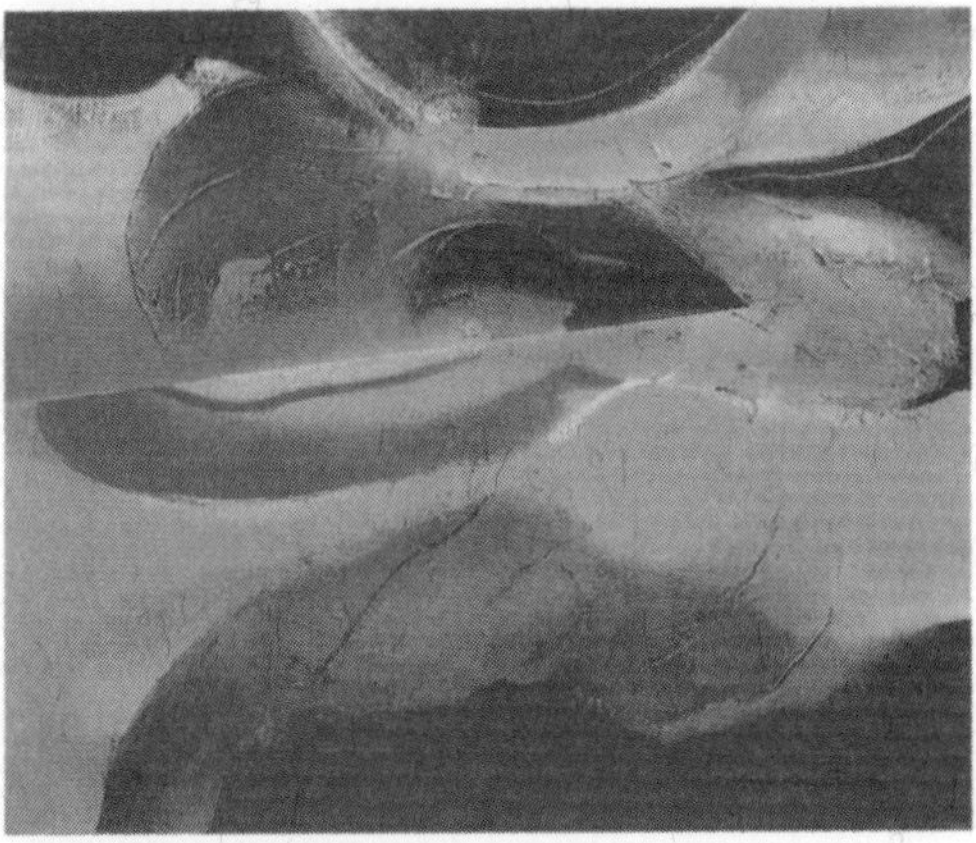

致知出版社

阿部家の人々（昭和27年）

## ◇ 著者紹介

明治30（1897）年、群馬県勢多郡荒砥村（前橋市城南町）に生まれる。荒砥村尋常小学校、群馬県立前橋中学校、第一高等学校を経て、大正10年東京帝国大学法学部英法科を卒業。大学院に進む。同大学副手。昭和２年東京帝国大学文学部印度哲学科卒業。私立川村女学院教頭、満蒙開拓指導員養成所教授、教学部長を経て、私立川村短期大学教授、川村高等学校副校長となる。主な著書に『ふくろしよいのこころ』『まいのぼり』『しらにぎて　あおにぎて』等がある。昭和44（1969）年、死去。笠間市月崇寺に葬る。

# 受け日

目次

目次

# はじめに

『古事記』は大和心（やまとごころ）の聖典《ひじりのふみ》であって、また、大和心は人の心の中で最も純《きよ》らかな心で、『古事記』はこの大和心の有り様を示しております。

人の創る家、村、国の中で、最も純らかなのは、神の道にしたがって、神の道の現われとして、人の創る家、村、国であります。

『古事記』はこの神の有り様と、神の家、村、国の姿と形を示している聖典であります。

これほど貴い内容を持つ『古事記』が、現代においては、子どもたちが興味を持つに過ぎないお伽噺《とぎばなし》として留まっているのは、間違いも甚《はなは》だしいと言わなければなりません。

こんな有り様ですから、『古事記』の正しい姿を明らかにすることは、いつの世においても大切ですが、現代の日本においては、殊《こと》のほか大切なことであります。

このような気持ちで『古事記』に立ち向かい、『古事記』を取り扱っておりますが、これは筧克彦《かけいかつひこ》先生（元東京帝国大学法学部教授）のお導きによって、魂の存在に目を見開かせていただき、『古事記』の真の姿に触れさせていただいて以来のことであります。

こうして『古事記』を読ませていただきながら、『古事記』を生み出した祖先の魂と相対して、その心の動きを感じ、祖先の創り固めた家、村、国の命に触れて、あるときには泣き、あるときには喜び、日常生活の指導原理の全てを『古事記』からいただいております。

実に『古事記』というのは、汲《く》んでも汲んでも汲みきれない魂の泉と言ってもいいと思います。

昭和十六年六月

阿部國治

# おことわり

この本をお読みくださるについて、予《あらかじ》め知っておいていただきたいことを申しあげます。

まず、各章の配列について申しあげます。

1、《なきいさち》とか《まいのぼり》とかいうような題目は、何か題目があったほうがよかろうというので仮りにつけた題目であって、この題目でなければならぬというものでも、この題目がいちばんよろしいというものでもないのであります。

2、『古事記』の原典として、漢文で出ておりますのは、元明《げんめい》天皇の和《わ》銅《どう》五年に出来たところの〝かたち〟であります。稗田阿禮《ひえだのあれ》の諳誦《あんしょう》して伝えておったものを、太安萬侶《おおのやすまろ》がこのようなかたちで、漢文字にうつしたものであります。『古事記』のいちばんの原典は大和民族の〞やまとこころ〞そのものでありましょうが、文字に現わしたいちばん元の〞かたち〞がこれであります。

3、《書き下し文》とあるところについて申しあげます。

『古事記』の原典として、漢文の〞かたち〞で伝わっていたものが国民に読むことができなくなってしまっていたものを、水戸光圀《みとみつくに》公が嘆《なげ》かれて、近代の国学の初めを起こされ、本居宣長《もとおりのりなが》先生にいたって、初めて全体を読むことを完成されたのであります。

古来、伝わっておったのは『漢文』の〞かたち〞であって、これに古（いにしえ）の訓（よみかた）と思われる読み方をつけたものに『古訓古事記』があって、これを書き下したものが《書き下し文》であります。

ここに引用したものは、岩波書店発行の岩波文庫本ですから、それを参考にしてくださることを希望いたします。
4、《まえがき》とあるところは、お読みくだされればおわかりのように、一段落を書き出すについてのご挨拶《あいさつ》のようなものであります。
5、《本文》となっているところは『古事記』の原典と『古訓古事記』とを〝みたましずめ〟をして、いわば、心読、体読、苦読して〝何ものか〟を掴《つか》んだ上で、その〝何ものか〟を、なるべくわかりやすく、現代文に書き綴《つづ》ったものであります。
したがって、書物としては、ここが各章の眼目となるところであります。まず、ここのところを熟読玩味《じゅくどくがんみ》してくださったうえで『古訓古事記』から『古事記』の原典まで、照らし合わせて、ご研究していただきたいのであります。
6、《あとがき》とあるところは、お読みくだされればおわかりになると思いますが、『古事記』のその段落を読ませていただき、平生《へいぜい》いろいろと教え導いていただいておりますので、心の中に浮かぶことを、そのまま書き著して、参考にしていただきたいのであります。

阿部國治

# 第一章　なきいさち

# 原文

次詔建速須佐之男命、汝命者、所知海原矣、事依也。
故、各隨依賜之命、所知看之中、建速須佐之男命、不治所命之國而、八拳須至于心前、啼伊佐知也。其泣状者、青山如枯山泣枯、河海者悉泣乾。是以悪神之音、如狭蝿皆満、萬物之妖悉発。故、伊邪那岐大御神、詔建速須佐之男命、何由以、汝不治所事依之國而、哭伊佐知流。爾答白、僕者欲罷妣國根之堅州國。故哭。爾伊邪那岐大御神大忿怒詔、然者汝不可住此國。乃神夜良比賜也。故、其伊邪那岐大御神者、坐淡海之多賀也。

# 書き下し文

次に建速須佐之男命《たけはやすさのおのみこと》に詔りたまひしく、「汝命《いましみこと》は、海原を知らせ」と事《こと》依《よ》さしき。

故《かれ》、各《おのおの》依《よ》さしたまひし命《みこと》の髄《まにま》に、知らしめす中に、建速須佐之男命、命《よ》させし國を治《し》らさずて、八拳須《やつかひげ》心《むね》の前《さき》に至るまで、啼《な》きいさちき。その泣く状《さま》は、青山は枯山《からやま》の如《ごと》く泣き枯らし、河海は悉《ことごと》に泣き乾《ほ》しき。ここをもちて悪しき神の声《こえ》は、さ蠅《ばえ》如《な》す皆満ち、萬《よろず》の物の妖《わざわひ》悉に発《おこ》りき。故《かれ》、伊邪那岐大御神《いざなぎのおおみかみ》、建速須佐之男命に詔りたまひしく、「何由《なにし》かも汝《いまし》は事依させし國を治らさずて、哭《な》きいちさる」とのりたまひき。ここに答へ白《まお》しく、「僕《あ》は妣《はは》の國根《ね》の堅州國《かたすくに》に罷《まか》らむと欲《おも》ふ。故《かれ》、哭《な》くなり」とまをしき。ここに伊邪那岐大御神、大《いた》く忿怒《いか》りて詔りたまひしく、「然《しか》らば汝《いまし》はこの國に住むべからず」とのりたまひて、すなはち神逐《かむや》らひに逐《や》らひたまひき。
故《かれ》、その伊邪那岐大神は淡海《あふみ》の多賀《たが》に坐《ま》すなり。

## まえがき

《なきいさち》は漢字で書くと《啼伊佐知》であります。理非を問わずに無茶苦茶に泣いて、不平を訴えることを言うのであります。

泣き方にはさまざまありますが《なきいさち》の泣き方は、泣いている人に触れる限りの人々や、泣き声を聞く限りの人々を、ことごとく困らせてしまう泣き方で、自分にも家庭にも、あらゆるところに災害と混乱を引き起こす泣き方であります。

こういう泣き方に対して、善美と秩序とを作り出す泣き方を『古事記』においては《なきうれい》と言っております。

今回は、この《なきいさち》を中心として反省してみたいと思います。題目は仮に《なきいさち》としましたが、建速須佐之男命《たけはやすさのおのみこと》が中心になっていますので、この神さまがお示し下さるお諭《さと》しを味わうのに都合がよいかと思ってつけてみたのであります。

いつもの例にならって、本文を書き下してまいりますので、原文や書き下し文と照らし合わせて味わっていただきたいと思います。

# 本文

## □神々の役割分担

伊邪那岐大御神《いざなぎのおおみかみ》は筑紫の日向《ひゅうが》の橘小門《たちばなのおど》の阿波岐原《あわぎはら》で禊《みそぎ》をなさいまして、たくさんの神さまをお産みになりましたが、最後に、天照大御神《あまてらすおおみかみ》と、月読命《つくよみのみこと》と、建速須佐之男命《たけはやすさのおのみこと》という、三柱《はしら》の神さまをお産みになりました。

そこで、たいそうお喜びになりまして、天照大御神には高天原《たかまのはら》を、月読命には夜之食国《よるのおすくに》を治めるよう、お言い付けになりました。

つぎに、伊邪那岐大御神は建速須佐之男命をお呼びになりまして「須佐之男命よ、お前も知っているとおり、姉弟《きょうだい》の天照大御神と月読命には、それぞれ大事な仕事をしてもらうことにしました。そこで、お前にもどちらの姉弟にも劣らない大事な仕事をしてもらわなければならないが、しっかり頼みます」

と仰せになりました。

それで、須佐之男命は
「はい、畏《かしこ》まりました。その仕事は何でしょうか」

と、お問いになりましたので、伊邪那岐大御神は
「お前の仕事というのは、これからずっと現《うつ》し世におって、人間の住む国土建設の基礎工事をはじめることです。多くの人々のために開拓の先駆者になって下さい。つまり、国土建設の開祖となり、人々の先祖になることです」

と仰せになりました。

ところが、須佐之男命は伊邪那岐大御神の仰せになったことの意味がよくわからなかったものと見えて、ぼんやりとしておいでになりました。

それで、伊邪那岐大御神は

「これこれ、この仕事の貴《とうと》さがわからないのか。男子の仕事として、国土建設の開祖となり、人々の先祖となるという、これほどやりがいがあって愉快で面白い仕事はないではないか。これがわからないようでは困るではないか」

と仰せになりました。

この伊邪那岐大御神の言葉をお聞きになって、須佐之男命は自分に命じられた仕事の貴さがおわかりになりました。

それで、頭をさげて

「よくわかりました。やりがいのある立派な仕事をお申し付けいただいて嬉しゅうございます。必ず心身を打ち込んでやり遂げます。どうぞ、ご安心ください」

とお答えになりました。

このようにして、天照大御神も、月読命も、めいめいに伊邪那岐大御神がお命じになった仕事に立派に取り組んでおいでになりました。

## □ 理想と現実の間

ところが、須佐之男命は少しもご自分の仕事をなさいませんでした。国土建設の基礎工事をはじめることも、人々のために開拓の先駆者になることも、ぜんぜんお始めになりませんでした。

それというのは、須佐之男命は、お父上の伊邪那岐大御神から「陸も海もあるところの現し世を治めなさい。まず第一に開拓から始めなければならないこの仕事は、男子の仕事として実に面白くて痛快でやりがいのある仕事だ」

というふうに教えていただき、喜び勇んで現し世に行くことを心を決められました。

ところが、お父上の伊邪那岐大御神とお別れして、現し世まで旅行しておいでになる途中で、野を越え、山を越え、川を渡りしているうちに、風雨や嵐にお出遭いになって、この旅行は困難の連続だったに違いありません。それでも、ご自分の仕事である開拓の貴さを反省して

「自分は国造りや村造りをして、人々の開祖になるのだ」

と思いながら旅行をなさっておりました。

ところが、あるとき大嵐にお遭いになって、たいへん苦しい目をなさいました。そのときにふと

「自分の仕事は、面白い愉快な仕事だった」

と、お考えになりました。

そのときを境目にして、ご自分の仕事が開拓という苦も楽もある大切な仕事だということをお忘れになって、ただもう自分の仕事は面白い愉快なものだと簡単に思い込まれました。それこそ、たいへんな思い違いをされ

てしまったのであります。

須佐之男命は、このように大変な思い違いをされたまま現し世においでになって〈きっと愉快な面白いことがたくさんあるだろう〉と思って、あたりをご覧になりました。

ところが、そのとき現し世にあるものは、ただもう一面の葦原《あしはら》と、険しい森林と、深い山々と、荒れた川とか沼ばかりで、豊富な食料品店とか、華美な衣料店とか、面白い映画館とかいうような娯楽的な遊び場所はあるはずがありません。

ここで、須佐之男命はご自分の思い違いにお気付きになれば問題は起こらなかったのですが、ご自分の思い違いにお気付きにならなかったために、大きな不平の気持ちが頭をもたげました。

## □《なきいさち》の果て

そして、須佐之男命は

「お父上の伊邪那岐大御神は、天照大御神や月読命だけを可愛く思われて、ご贔屓《ひいき》になったに違いない。そして、自分を騙《だま》してこんなつまらないところにお遣《つか》わしになったに違いない。こんなところがどうして面白いものか。お父上に会って苦情を言ってやろう」

というお気持ちになってしまわれました。

すっかり不平屋さんになってしまわれたので、当然なさらなければならない地形の調査や風土の調査など、開拓の仕事にとって大事な仕事をなさらないばかりか、思い出しもなさらずに、ただもう朝から晩まで

「お父上は自分を騙して、こんなつまらないところに寄越《よこ》した。馬鹿親父めが……」

と思い詰めておられました。

そして、空腹を覚えると、天然の果物や木の実を採って食べて、お腹を満たされると、不平いっぱいの気持ちで、手に触れ足に触れる限りのものに対して乱暴をなさいました。

鳥や獣には石を投げ付けて、追い払ったり殺したりなさいました。草花はむしり取ったり、踏み潰《つぶ》したりなさいました。樹木はむやみやたらに切り倒したりなさいました。そして、お疲れになると、ところかまわず昼寝をなさり、目を覚まされると、またいろいろ乱暴をなさいました。

こうして、お父上の伊邪那岐大御神がお言い付けになった国土開拓の仕事、つまり、国造りの仕事はすっかりお忘れになって、全く手をつけられませんでした。そのために、田畑も出来ず、家も出来ず、何一つとして整ったものはありません。

ただもう、ブツブツと不平不満の気持ちを発散させて、あらゆるものに乱暴をなさいました。そのために、髪も髭《ひげ》もぼうぼうと伸びて、長々と胸元に垂れさがりましたが、それを剃（そ）り取る工夫もなさらずに、泣き喚（わめ）いてばかりおられたのであります。

こういう有り様でしたから、須佐之男命のお声を聞いたものは、生き物という生き物、草木という草木は、その殺気に触れて恐れおののいて、元気を失い縮み枯れてしまいました。『古事記』には、この有り様を「青山の草木を泣き枯らし、川や海の水まで泣き乾《ほ》した」

と書いてあります。

それまでは、現し世なりにすべてが整頓《せいとん》されていたものが、須佐之男命の大不平と殺気のために、すっかり掻《か》き乱されて、何もかも目茶苦茶《めちゃくちゃ》な混乱状態に陥ってしまいました。

こうして、現し世の陸の上も海の上も、治まるどころではなくて、悪神（災いの神）たちが、あらゆる災いを作って回りました。そして、いたるところで災いのために起こった騒ぎの音を聞くようになりました。

須佐之男命は、このような有り様の中にいて、そのような災いを引き起こしたのがご自分であることには一向にお気付きにならなくて、ますますお父上の不公平なことを強くお感じになって《なきいさち》をしておいでになりました。

## □伊邪那岐大御神のご心配

さて、その一方で伊邪那岐大御神は、須佐之男命を現し世にお遣わしになってから、だいぶ長い歳月がたったので、国造りの仕事はずいぶん捗《はかど》ったこととお思いになりました。

開拓の仕事はどんどん進んで、村もたくさん造られ、田、畑、山林も見事に整理され、農作物も繁盛して、須佐之男命の一族も大勢になっていることだろうと思われていました。

このような気持ちでおられた伊邪那岐大御神は「このあたりで一回、国造りの様子を見に行こう」とお考えになり、心の中では須佐之男命一族に大歓迎を受けることを楽しみになさりながら、現し世にお出かけになりました。

ところが、驚いたことに、現し世の陸の上も海の上も、全く元のとおりで、少しも様子が変わっておりません。田畑もなければ、山林も整っておらず、家らしいものもありません。

それどころか、よく見ると、元の状態よりずっと悪くなっていて、野山の草木は枯れて見る影もなく、河川は荒れ果てて、海は汚れきっております。そのうえに、動物たちは痩《や》せ衰《おとろ》えていて、少しもその生活を楽しんでおらず、気象にも狂いを生じております。

伊邪那岐大御神は、これをご覧になって、たいへん驚き、また、ご心配なさいました。須佐之男命が病気でもして、動くにも動けない状態ではないかと、いろいろと事情をお調べになりました。

すると、現し世の有り様がこんなになっているのは、須佐之男命が《なきいさち》をなさっているためだということがわかりました。お使いをお出しになったのか、ご自分でお探しになったのか、どちらかわかりませんけれども、とにかく、伊邪那岐大御神は須佐之男命のところにおいでになりました。

## □須佐之男命の錯覚

伊邪那岐大御神は大声をお出しになり

「須佐之男命はおらんか。須佐之男命はおらんか」

と叫んで、須佐之男命をお呼びになりました。

ところが、須佐之男命は朝からいろいろ乱暴狼藉《ろうぜき》をなさって、お疲れになったのでしょう。草叢《くさむら》に寝転んでぐっすり昼寝をしておられました。その昼寝の夢の中に、お父上の伊邪那岐大御神が大声で自分の名を呼んでいるのが聞こえてきました。それで

「夢の中にまで、自分を騙した親父がやってくるのか。癪《しゃく》にさわるな」

など思いながら、夢を見続けておられました。

一方では、伊邪那岐大御神は、いくら須佐之男命の名を呼んでも返事がないので、ますます熱心に須佐之男命の名をお呼びになりました。須佐之男命は、あまりに自分の名を呼ばれるので

「これは夢ではなかったな」

と独り言《ご》つながら目をお覚ましになりました。すると、確かに遠くからお父上の声が聞こえてきます。

それで、懐かしさよりも何よりも

「親父がやって来たな。自分を騙したことについて文句を言ってやろうと

待っていたところだ。よし、しっかり文句を言ってやろう」
と、こんなふうに思われながら、伊邪那岐大御神の声がするほうにやってまいりました。
伊邪那岐大御神は頻《しき》りに呼んでも返事がないので、心配をしながらあちらこちらを見ておいでになりました。そこに、髪をバサバサに伸ばし、髭を長々と生やし、ボロボロの着物をきた須佐之男命が現われましたので、この有り様をご覧になった伊邪那岐大御神は大声をお出しになって
「おお、須佐之男命か。いったいどうしたというのだ。お前のその姿は何事であるか」
とお問い詰めになりました。
それを聞いた須佐之男命は
「なんだ、この親父めが。他の姉弟に贔屓《ひいき》して、自分にくだらぬ仕事を言い付けたくせに……」

と思いながら、無言のまま進んでまいりました。

「親父の側に行ったら、しっかりと文句を言ってやろう」

と、どこまでも《なきいさち》の気分で満ち満ちておられました。

だんだん近付くにつれて、お父上の伊邪那岐大御神から須佐之男命のお顔がはっきりと見えるようになりました。

伊邪那岐大御神は、須佐之男命の殺気に溢《あふ》れているすさまじいお顔をご覧になって、何か思い当たる節があったのでしょう。きりっとなさって
「お前はそんな顔付きをしておって、一体どうしたというのか」

と仰せになりました。

須佐之男命はここで初めて〈これは少し変だ〉とお思いになりました。他の姉弟を余計に可愛がって、自分にくだらぬ仕事をお言い付けになったのだから、定めし自分に出会ったら気の毒そうなお顔でもなさって、ボソボソと言い訳でもなさるような様子をお見せになるかとお思いになってい

たのに、少しもそんな様子はありません。

それでも、須佐之男命は《ことよさし》に対するご自分の思い違いにはお気付きになりませんでした。それで、いよいよすさまじいお顔をなさって、お父上のところに歩いて行かれました。伊邪那岐大御神はじっとこの様子を見ておいでになりました。

やがて須佐之男命は、お父上のところにやって来られました。お互いにじっとお顔をご覧になっていましたが、やがて、須佐之男命は口を開いて申しました。

「お父上は天照大御神と月読命とに依怙贔屓《えこひいき》をなさって、私を騙して、まことにつまらない仕事をお言い付けになりましたね」

伊邪那岐大御神は須佐之男命のこのお言葉をお聞きになって

「ああ、これは困ったことができた」

と思い悩まれました。

## □ 神やらい

そこで、伊邪那岐大御神は須佐之男命と真剣な話し合いをお始めになりました。

「須佐之男命よ、お前はどういう理由で、自分の受持ちとなった現し国を治めることをしないで《なきいさち》をやっているのですか。しっかりとした返事をしなさい」

伊邪那岐大御神から真剣にこういう言葉で問い詰められて、須佐之男命は身の引き締まるのをお感じになりましたが、自分のなさった思い違いには、まだお気付きになりませんで、次のようにお答えになりました。

「私はこの現し国に来て、この国を治めようと思いました。ところが、ここまで来てみると、少しも面白いことも愉快なこともなくて、ただもう一面に荒れ果てた山林と野原と沼や川があるだけです。こんなところに住むのは嬉しくありません。

こんなことなら、私はむしろ、お母さまがおいでになる根堅洲国《ねのかたすくに》に行ったほうがよいと思うくらいです。それで、私はお父上がこんなところにお遣《つか》わしになったことが気に入らないので《なきいさち》をやっているのです。お父上は〈なぜ泣きいさちをやっているのか、しっかり考えて返事をしなさい〉と仰せになりましたが、私の《なきいさち》の原因は、お父上にあるのです」

この答えをお聞きになって、伊邪那岐大御神は、須佐之男命の様子をじっと見つめておいでになりましたが、やがて

「これは、普通のやり方では解決がつかない。自分の《ことよさし》のときの態度も不徹底だったが、須佐之男命にも大きな思い違いがある。けれども、よくよく考えてみれば、現し国の建設のためには、これは私たち親子が当然に通らなければならない関門であった。ここで自分が弱い気持ちを出してはならない。自分もここでしっかりと、自分の務めを果たさなけ

ればならない」

と、お考えになりました。

それから、じっと御魂鎮《みたましず》めをなさって、大きな忿怒《ふんぬ》（いかり）の心を奮い立たせて、その姿をお示しになり、次のように厳然としてお言い渡しになったのであります。

「須佐之男命よ、お前は大変な思い違いをしております。お前は父親である私が、兄弟三人の中で、他の二人に対して依怙贔屓しているように思っていますが、それは大変な思い違いです。子に対する親の愛には依怙贔屓などということはありません。どの子どももみんな同じように可愛いのであって、ただ可愛がる方法が違うだけです。

高天原も、夜之食国《よるのおすくに》も、現し国も、みんな同じ大切なところです。一体の三面とでもいうべき性質のもので、どの一つが治まらなくても他の二つはダメになってしまいます。

お前にはそのことがわからないようです。それだけではなくて、確かにお前は、一度は現し国を治めることの貴さがわかったのです。それなのにお前はどうかして、それを忘れ去ったのです。よく考えたら、きっと気がついたはずですが、今となっては、たとい気がついても、それはもう遅いのです。

今までお前が犯した間違いについて、責任をとって貰わなくてはなりません。私としても、どうしても責任を負わせなくてはなりません。お前としても、いやしくも大の男がいったん口から出した以上は、たとい思い違いであっても、自分がなしたこと、言ったことに対して、責任を負わなければならないはずです。

さあ、お前自身が言ったとおりに、お前はこの現し国の治め人としての地位を去りなさい。そして、伊邪那美命がいる根堅洲国《ねのかたすくに》に行きなさい。私はこのことを《神やらい》としてお前に言い渡します。《神やらい》は、お前も知っているとおり神としての命令です。私は普通の親ではないのです。そのこともお前は思い出さなければなりません。のっぴきならない神の命令として、お前を罰《ばっ》するために、ここから追放を命じます」

須佐之男命は慎《つつし》んだ気持ちになって、伊邪那岐大御神の恩威《おんい》二つが備わったお諭《さと》しを畏《かしこ》まって聞いておられました。そして、お話が進むにしたがって、須佐之男命の頭はだんだん下がっていき、とうとう涙をこぼして泣き伏《ふ》されました。

この様子をご覧になって、伊邪那岐大御神は、何とも仰せにならずに、黙ったまま、その場を立ち去っておしまいになりました。

それから、伊邪那岐大御神は、淡海の国の多賀《たが》においでになって、次の自分の仕事を考えておいでになりました。

このように、お父上の伊邪那岐大御神から激しいお叱《しか》りを受けた須佐之男命は、真剣に反省を始められることになります。

# あとがき

## □《ことよさし》の意味

《ことよさし》という言葉が出てきましたが、先《ま》ずこのことから味わってまいります。

この《ことよさし》の〝こと〟は〝事〟の意味で〝よさし〟には〝依〟の文字が当ててあって、この意味は、寄ることであり、任すことであります。したがって《ことよさし》というのは、今日の言葉で言えば〈ある事を人に任せて執り行わせること〉であります。

『古事記』の中にある《ことよさし》で、最も重要なものは、天つ神の伊《い》邪那岐命《ざなぎのみこと》と伊邪那美命《いざなみのみこと》になさった《くにうみ》であります。

また、世の中のすべての出来事、森羅万象が〝こと〟であります。この

ようにたくさんある〝こと〟の中から、一つの事を取り出して

「あなたにとって、この事は絶対に重要ですから、そのつもりで、このようにしなさい」

と命令することが《ことよさし》であります。

したがって《ことよさし》というのは、命令を出すほうから言っても、命令を受けるほうから言っても、いわば至上命令であって、そのことを認識して、頷《うなず》きながら、絶対価値の実現に向かって進む以外に道はありません。言ってみれば、委任命令と命令受諾の関係が《ことよさし》の中には含められております。

そして《ことよさし》の関係が、いったん成立した限りは、命令を受けた者はひたすらにそのことを成立させ、そのことを成し遂げるように努めなければなりません。絶対価値、無上の価値の実現に向かって、突き進まなければなりません。事実《ことよさし》の関係の上に立ち、しっかりと

この関係を自覚して、そのことの遂行に努力するときには、それが仮りに苦しみであっても、同時に無上の喜びでもあります。

この《ことよさし》の関係を確認して《ことよさし》の実現目標である〝こと〟を明確につかんでいる状態、あるいは、明確に承知している状態を〝しらす〟と言い、この〝しらす〟ということは〝しる〟ことからきておるのであります。

さらにまた、この《ことよさし》の関係にある〝ことがら〟を明確に確認している結果から生ずるところの〝ことがら〟実現のための努力と行為も、やっぱり〝しらす〟というのであります。

《ことよさし》ということを、このように考えてみますと、そのことがどんなに重大な意味を含んでいるかがおわかりになると思います。本当の意味の《ことよさし》が、人間の世界で意識的に行われるのは、なかなか容易ではありません。

《ことよさし》をする命令者の存在が先ず難しいでしょうし、《ことよさし》をされる受命者の存在がまた難しいでしょう。《ことよさし》として命令されるほどの〝こと〟を掴むことがまた難しいでしょう。少なくとも〝命令者〟と〝受命者〟と〝こと〟の三つが揃《そろ》わなければ、この《ことよさし》は行われないのであります。

## □ 思い違い

さて、これを須佐之男命の場合について申し上げますと、伊邪那岐大御神が命令者で、須佐之男命は受命者であり、委任された〝こと〟は現し国の創設であります。

この現し国は、高天原に比べても、黄泉国に比べても、なんら優劣のない大切なところであります。高天原も、黄泉国も、現し国が存在することによって、初めて意味のあるところであり、したがって、高天原と黄泉国と現し国との間に存在する関係が、すでに一種の《ことよさし》の関係なのであります。

そこで、須佐之男命のお仕事は、現し国のありのままの姿を知って、現し国をしていよいよ現し国たらしめることにあるわけで、現し国の創設という仕事として《ことよさし》の関係に入っているのですから、須佐之男命はまっしぐらに〝しらす〟仕事に向かって進んでおいでになればよかったのであります。

ところが、須佐之男命は、この《ことよさし》の関係を、真っ直ぐに実現せずに《ことよさし》の関係をお忘れになり、委任された現し国創設の仕事に、意味を認めることができなかったのであります。

《ことよさし》の使命をお忘れになれば、仕事に意味が無くなるのは当然のことで、不平不満の気持ちで、何もしないでいるより他に仕方がありません。仮りに何かをしても、それは建設の仕事にはならないで、乱暴な破壊的な行動になるのでして、これが、よさしたまえる国を〝しらさ〟ないで須佐之男命のなさった《なきいさち》であります。

## □ 現代人の場合

さて『古事記』では、須佐之男命は伊邪那岐大御神から現し国の創設の《ことよさし》をお受けになりましたが、途中で思い違いをして《なきいさち》をなさったのでして、われわれの日常生活のなかに、このような《ことよさし》を忘れるというようなことはないでしょうか。そう考えて、人間の生活を調べてみると、ほとんどの人がこの《ことよさし》を忘却していると思うのであります。

ならばここで、われわれはそんな簡単に忘れるような《ことよさし》を受けているだろうかということを反省してみますと、はっきりと意識して《ことよさし》の関係を作っていることは少ないのですが、よく気をつけて考えてみますと、われわれは数多くの《ことよさし》を受けていると思います。

先ず第一に、われわれが人間として生まれたことは、一つの《ことよさし》で、この場合の命令者は神さまであり、受命者はわれわれ人間であって、委任された〝こと〟は人格完成の努力であります。

このように、われわれが人間であることは《ことよさし》の関係の上に立つのですから、決して人間であることに対して失望してはなりません。ひたすらに人間の本性をよく知って、よく育てていくことが、われわれの苦しみであり、喜びであり、悲しみであって、それが絶対のものでなければならぬはずであります。

したがって、人間であることに失望してはならないように、また、人間

であることにいたずらな優越感を抱くことも間違いだと思うのでありま
す。ところが、現実の世の中には、人間として生まれていながら、そのこ
との厳粛な事実に気のついていない人が、案外に多いのではないかと思う
のであります。

あるいは、われわれが日本人として生まれたことも、また一つの《こと
よさし》ですから、日本人としての務めは、自らが日本人たることを確認
して、いよいよ日本人としての本質と特質を明確にして、それを発揚《はつよう》して
いくことであって、この務めを実現していくところに絶対のものがあると
思うのであります。

その場合〈日本人であることに価値があるのかどうか〉などということ
は問題にならないのでして、ただひたすらに日本人であることの実現と発
展に努力するのみでありますが、現代日本人の中には、この日本人として
の明確な自覚をつかんでいない者がいるのではないかと心配されるのであ

ります。

## □結婚生活と親子

たとえば、結婚ということもまた一つの《ことよさし》であって、だからこそ《ことよさし》の関係を確立するための宣言であり、誓いであるところの結婚式を執り行うのであります。したがって、いったん結婚した以上は、その結婚生活をいかにしてより良きものとして実現すべきかということが、委任された〝こと〟でありまして、その結婚生活を悲観したり、否定したりするのは迷いであって許されないのであります。

同様に、子どもを産むことも、一つの《ことよさし》でありますから、親のほうから親であることを止めることはできませんし、子どものほうから子どもであることを止めることは許されないのであります。ひたすら努めるべきことは、いかにして親としての道、子どもとしての道を実践すべきかということであります。

にもかかわらず、われわれはややもすると、自分が現在もっているところの夫婦関係や親子関係の根底に存在する《ことよさし》の事実を忘れがちではないでしょうか。

さすがに、親子関係の場合は、親のほうから子どもに対する《ことよさし》の道理を心得ている人が多いようであります。また、子どものほうからも幼少の間は親に対して《ことよさし》の道理を本能的に承知しているようですが、少し物心がつく青少年のころになると、《ことよさし》の道理を忘れがちであります。

そして〈なぜこんな貧乏な家の子に生まれたのだろうか〉と嘆《なげ》いたり、〈なぜこんな無学な親の子に生まれたのだろうか〉とひがんだりしますが、こんな気持ちを起こすのは、みんな迷いであり、穢《けが》れでありまして、災いを生むところの《なきいさち》であります。

## □縺《もつ》れと災いの源

次に《なきいさち》について申し上げます。

《ことよさし》の関係にある事柄について、その事柄を成し遂げるために泣くのは正しい泣き方で、これは〈なきうれい〉であります。日本人として日本国の本質発揚のために泣き、親とか子の上に存在する欠陥を直すために泣き、妻が家庭の幸福をはかるために泣くことなどは、みな〈なきうれい〉であります。この〈なきうれい〉は、真心からでる泣き方で、大にしては人類の文化を創造していく原動力になりますし、小にしては個人や家庭の向上の源泉となるのであります。

これに反して《なきいさち》は《ことよさし》の関係にある事柄につい

て、その根底に横たわる《ことよさし》の事実を忘れてしまうために起こる泣き方であって、迷妄《めいもう》がもとになって起こる泣き方ですから、泣けば泣くほど禍《わざわい》が大きくなってまいります。

どんな事柄でも、対立的に見ていけば、必ず限りのあるものでして、決して最上のものではありませんから、《ことよさし》の関係を忘れて〝こと〟を見ましたならば〝こと〟という〝こと〟は、すべて不完全なものばかりで、何一つとして不平不満の材料でないものはありません。

このことについて『古事記』では

「須佐之男命は〈現し国の創設〉というほどの大事を、不平・不満の材料になさった」

というふうに伝えておるのですが、須佐之男命がなさったこのような思い違いは、大小の違いだけで、たいていの人がやっているのではないでしょうか。

日本人として生まれたことに不平を抱いてはいないでしょうか。男に生まれ、女に生まれたことに不満を抱いてはいないでしょうか。この親の子として生まれたことに不満を抱くことはないでしょうか。何県の何村に生まれたことに不満を抱いてはいないでしょうか。あるいは、自分が現在置かれている境遇や地位に対して不満を抱いてはいないでしょうか。

気がついてみれば、これらの悉《ことごと》くが《ことよさし》として、われわれに委任された〝こと〟なのであります。にもかかわらず、われわれはややもすると、この《ことよさし》の事実を忘れて、不平・不満の心を動かします。

その事実を確認して、その〝こと〟の持つ性質をいよいよ発展させ、成し遂げるより他に進みようのないところの〝こと〟に対して、不平を言い不満の心を抱いたとてどうにもならないのに、とかくわれわれは、こういう不平・不満に心をかき乱しがちであり、それが人生の常のようでありますが、これが《なきいさち》であります。

このような《なきいさち》は〝こと〟の性質を損《そこ》ね、触れる限りの人と物とを荒廃させ、人の心を悲しませ萎縮《いしゅく》させるばかりで、縺《もつ》れと災いの源であります。

このような《ことよさし》の忘却からくる《なきいさち》はないほうがよいのですが、現実のわれわれの生活には《なきいさち》が非常に多いのでして、このように多い《なきいさち》は、いったいどのように対処していったらよいかをお示しになっているのが、実は、須佐之男命のここのお諭《さと》しであって、決して
「《ことよさし》を忘れて《なきいさち》をせよ」

ということを教えているのではないのであります。

## □海原を知らす

次に〈海原をしらせ〉ということについて申し上げます。

須佐之男命が《ことよさし》をお受けになったところの〝こと〟は〝海原〟でありますが、これはただの海というわけではなくて、葦原中国《あしはらのなかつくに》とか現し国というのと同じ意味であって、簡単に言うならば〈現実の世の中〉のことであります。

したがって、須佐之男命がお受けになった《ことよさし》は、この現実の世のありのままの姿をよく知って、そこに存在するあらゆるものを利用して、そこに人間にとって住みよいところを創り出すことにありました。つまり、土地（海を含む）を開拓して、産業を興し、家をつくり、村をつくり、国をつくることにあったのであります。

ところが、須佐之男命は委任されたこの仕事の意味をお忘れになって、初めから労せずして楽しむことだけを求められ、それが適わなかったので

《なきいさち》を始められたわけです。

現代の言葉でいうなら、須佐之男命は、開拓精神を忘れ、生産の貴さを忘れ、勤労の貴さをお忘れになったということを、お示しになっているのであります。これは、開拓という仕事がいかに大切かをお示しになると共に、開拓という仕事がいかに困難と苦しみを伴うものであるかをお示しになっているのであります。

われわれはこのお諭《さと》しによって、次のようなことを思い出します。われわれが現在持っているような村ができ、家ができ、田ができ、畑ができるまでに、どれだけ多くの祖先が苦労を重ねてきたかということを、しみじみと感じるのであります。

それからまた、大勢の祖先の中には、この開拓の苦労に負け、生産の楽しみがわかるところまでたどり着けないで《なきいさち》をやった者があったろうということであります。

このように考えてみますと、人間の生活というのは永遠の開拓の継続ですから、開拓精神に無関心な現代人の多くが《なきいさち》の気持ちで生活している場合が多いのではないかという気がして、先祖に対してまことに申しわけないと思うのであります。

現代人はあまりにも享楽《きょうらく》に重きを置き過ぎます。享楽は沈溺《ちんでき》となり、沈溺から覚めたときは《なきいさち》になるのであります。《なきいさち》と《なきいさち》のぶつかり合いは、さらに大きな《なきいさち》になっていきます。

こうして《なきいさち》は世の中の混乱の元になり、無用な争いの元になります。それでも、この頃はしきりと生産の重要さと生産者の尊重ということが言われていますので、一応、結構なことですが、さらに一歩進めて〈海原をしらす〉精神、すなわち、国つくり、村つくり、家つくり、田つくり、畑つくりの根本精神に、共々揃《そろ》って帰るべきときであると思うのであります。

## □ 共存共栄の道

須佐之男命の《なきいさち》の有り様を『古事記』には「青山は枯山の如く泣き枯らし、河海は悉《ことごと》に泣き乾《ほ》しき」というふうに書いてありますが、この言葉もまことに味わうべきであると思います。

狭く言えば〈開拓〉ということ、広く言えば〈葦原中国《あしはらのなかつくに》をしらす〉ということは、現実の世の中の実情をよく知って、それを整理・整頓《せいとん》して、人間がそれと協調していくことであります。

決して、樹木を伐《か》り尽くして山林を荒らすことではなく、草を刈り取って野原を荒野にすることでもありません。山々を大切にし、森林を大切にし、野原を大切にし、土を大切にし、動物を大切にし、河や海を大切にして、これらのものとわれわれ人間との共存共栄の道を作っていくことが〈葦原中国をしらす〉ことなのであります。

農業が〈天地の化育《かいく》に参《さん》ずる〉ことであると言われるのも、この辺の消息を言うのでありましょうが、単に農業だけではなくて、すべて人間のする仕事は、天地の化育に参ずることでなければならぬのであります。

自然征服などという考え方はたいへんな誤りで、自然を征服すれば、結局、人間も共々に征服されてしまいます。人間のする仕事は、どこまでも自然との協調、和楽でなければなりません。〈海原をしらせ〉という言葉を、つくづく味わうべきであると思います。

そして、自然科学に中毒している現代人は、とくにこの〝しらせ〟ということを反省すべきであって、人間であることに不満を感じながら、同時に、人間であることに対して、いたずらな優越感をもって、自然を馬鹿に

している現代人は
「青山は枯山の如く泣き枯らし、河海は悉《ことごと》に泣き乾《ほ》す」

ことをもって罪悪と考えたところの教えを、しみじみと味わうべきであると思います。

自然に対して不遜《ふそん》であることは、自分自身に対して不遜であることであり、それは同時に、自分自身の真の姿を知らぬことを示すのであります。多くのことを知っていると誤信して、知っている範囲内に立てた標準によって、すべてを判断して、原始林を破壊し去り、渓流《けいりゅう》を潰《つぶ》し、海を汚して平気でおります。

こういう行動は一種の《なきいさち》であって、いつかは罰《ばち》が当たります。いまこそわれわれは〈海原をしらせ〉という有難い教えをしみじみ味わうべきであります。

海原はわれわれが永遠に知り尽くすことのできない謎《なぞ》の存在であり、国土もまたそうであって、知り尽くしたという不遜な気持ちには、決してなってはならないのであります。知り得た範囲のことは、明確に知り得たとして行動すると共に、知り得ない範囲のあることを忘れないこと、これがまことの〝知る〟であります。

## □正しい《いかり》

次に《いかり》について申し上げます。

《いかり》には、ふつう忿怒《ふんぬ》という字が当ててありますが、これはもともと当て字であって、《いかり》ということの本来の意味から言うならば稜駆という字を当てるのがよいのでありましょう。

《いかり》は〝い〟が活動し出すということで、この場合の〝い〟は、みいつ（御稜威）、いのち（命）、いのり（祈）、いぶき（生息）、いきる（生活）、いわう（祝）、いつく（斎）などの言葉に通ずる〝い〟であります。したがって《いかり》とは、まごころ（本心）が躍動《やくどう》することであります。

このように考えてみますと、《いかり》は他人に対してだけ発するものではなくて、むしろ、先ず自己に対して発して、それから、他人に及んでいくものであります。

〈みたましずめ〉の結果として〈みたまふり〉が起こり、〈みたまふり〉の激しい場合が《いかり》であります。通常の意志の伝達方法をもってしては解決のつかないときに生じる非常手段としての心の躍動が、この《いかり》であります。

伊邪那岐大御神が須佐之男命の《なきいさち》に対して、お発しになった《いかり》は、このような《いかり》であります。《なきいさち》のような病的状態に対しては、《いかり》という非常手段が必要になってくるのであります。

私たちはしばしば
「怒ってはいけない」

と申しますが、それは、本心を離れて逆上《のぼ》せあがった感情の動きとしての怒りについて言うことであって、こういう種類の怒りは《なきいさち》の一種で、やはり、災いの元となります。

伊邪那岐大御神が須佐之男命に対してなさった《いかり》を、そういう種類の怒りと解釈することは大きな間違いであります。

親が子に対して発する怒りも、多くの場合、本来の正しい怒りで、少なくとも本来の怒りの要求が必ず含まれておりまして、子が憎くて怒りを発する親はありません。

前にも申しましたが、泣き方に《なきうれい》と《なきいさち》の二種類があるように、《いかり》にも二種類があって、本来の正しい怒りは、まことに貴いものであることを反省したいと思います。

もっと言えば、正しい《いかり》を発することができない人は、一種の病気でありますが、《なきいさち》と同類の怒りは、怒る人のためにも、怒られる人のためにも、役に立たないものであります。

## □神としての追放

次に《神やらい》について申し上げます。

《神やらい》とは

「神として追放を命ずる」

ということで、〝やらい〟は追い払うこと、現在の位置から離れさせることであります。

《神やらい》の〝神〟は、《神つどい》《神はかり》などという場合と同じ意味を現わすのでして〈神として行ないをする〉という意味で、伊邪那岐大御神の怒りが、神としての本来の《いかり》であることが、はっきり言い現わされていると思います。

このようにして、須佐之男命は伊邪那岐大御神によって《いかり》の教えを受け、《神やらい》の行為まで示されたので、《なきいさち》の心境に変化を来すことになるのでして、それが、次の段階の『まいのぼり』であります。

# 第二章　まいのぼり

## 原文

故於是速須佐之男命言。然者請天照大御神将罷。乃参上天時。山川悉動。国土皆震。

## 書き下し文

故《かれ》ここに速須佐之男命《はやすさのおのみこと》言ひしく、「然《しか》らば天照大御神《あまてらすおおみかみ》に請《まお》して罷《まか》らむ」といひて、すなわち天《あめ》に参上《まゐのぼ》る時、山川悉《ことごと》に動《とよ》み、国土《くにつち》皆震《ゆ》りき。

# まえがき

《まいのぼり》は、漢字を当てはめると《参上》であります。

現在の状態について〈このままではいけない〉と気がついて、現在の状態を活かすところの根本に向かって進んでいくことが《まいのぼり》であります。

ここでは、この《まいのぼり》を中心にして、いろいろ考えてみることにいたします。わずかこれだけのところですが、前回の続きとして、『古事記』の本文を書き下していきます。

本　文

## □思い違いを反省

お父上である伊邪那岐大御神《いざなぎのおおみかみ》の正しい《いかり》にふれて、とうとう《神やらい》という厳粛《げんしゅく》なお叱《しか》りを受け、須佐之男命は自分の心得違いがはっきりとわかりました。

男子にとって、開拓と生産とは、非常にやりがいのある仕事だということが、いまさらのようにはっきりとわかってきて、これほどやりがいのある仕事の意味がわからなかった自分の心の現状が不満になりました。たとい一旦はわかっていたにしても、少しの苦しさのために、貴い自分の使命を忘れてしまうような不確実な自分の姿があきたらなくなり、しっかりと動かぬ心を掴《つか》まなければならないと思いました。

こうして、自分の使命の貴さがはっきりわかったのですが、伊邪那岐大御神から受けた《神やらい》の追放は、どうしても守らなければなりません。根の国に行くことをいまさら止めることはできないのであります。

須佐之男命は、こんどこそは《なきいさち》ではなくて、本当に心から泣きました。どうしたらよいかということについて、心から泣きました。そして、どうしたらこの苦境が切り抜けられるかについて、一所懸命に考えました。

その結果、新しい心境が開けて、明るい気持ちになりましたので、伊邪那岐大御神のところにまいりまして、次のように申し上げました。

「お父上、まことに申し訳ありませんでした。私はたいへんな思い違いをして、そのために不心得なことをたくさんしてしまいました。しかし、幸いなことに、お父上にしっかりお叱りいただきまして、すっかり目が覚めました。こうして目が覚めれば覚めるほど、申し訳が立たないので、お母上がおられる根之堅洲国《ねのかたすくに》にまいりまして、生まれ変わってきたいと思います。そして、あくまでもお父上から言い付けていただいた仕事をやり遂げたいと思います。

けれども、その前に一つお願いがあるので聞いていただきたいと思います。私はお父上から《ことよさし》の国造りの使命を忘れ《なきいさち》の気持ちになり〈こんなつまらないところにおるより、お母上のいる根の国へ行きたい〉と思っておりました。

しかし、今から考えますと、《なきいさち》の不公平から根の国に行きたいと思ったのは、自暴自棄からのことで、本当にそう思ったのではありません。

ところが、こんどお父上に叱っていただき、《ことよさし》の国造りの使命の大切なことがはっきりとわかりましてから〈自分のような者は、いったん根の国に行って、生まれ変わって来なければいけない〉と思って、本当に根の国に行く決心をしたところ、不思議なことに私の心に変化が起こりました。

お父上、どうか聞いて下さい。私はこのまま根の国に行きたくありません。お父上にお叱りいただき、幸い真心が出ました。お父上にはそのことを知っていただくことができましたからよいのですが、何としても気になるのは、高天原《たかまのはら》においでになるお姉上の天照大御神のことであります。

私が思い違いをいたしまして、現《うつ》し国で乱暴ばかりしておったのを見通しておいでになるのであります。いままではお姉上のことなどは何とも思わないどころではなくて、かえって恨んでおったのですが、こうして目が覚めてみると、私はどうしても、一度、お姉上の天照大御神にお目にかかりたいのであります。

私の乱暴について、どんなにかご心配くださっているお姉上にお目にかかって、今までのことを心からお詫びしたいのであります。そして、現在の気持ちを知っていただいた上に、なお、今後のことも何かと教えていただき、そのうえで根の国に行きたいと思います」

## □立派な《まいのぼり》

須佐之男命がこのように申し上げられている間、伊邪那岐大御神はじっと聞いておいでになりましたが、そのお顔つきはまことに嬉しそうであられましたが、受けついで次のように仰せになりました。

「お前は、本当によいところに気がつきました。お前の言うとおり、天照大御神がどんなにか心配しているに違いありません。早速、高天原にまいのぼって行って、天照大御神に会いなさい。きっと天照大御神が何かと心配してくれるに違いありません。そして、高天原で立派に修行しなさい。お前がここまで気がついては、私もこれで安心することができます。ただ

《まいのぼり》をするについては、立派なまいのぼりができるように、よく考えた上でしなさい」

こうして、お父上のお許しを得て、須佐之男命は高天原にまいのぼっていくことになりました。

お父上の伊邪那岐大御神から
「立派なまいのぼりをしなさい」

というご注意もありましたので、須佐之男命は《みたましずめ》をして、《まいのぼり》について、いろいろと思い巡らせました。

《まいのぼり》の決心がついて、立派な《まいのぼり》について物思いに沈んだ心で、ときどき現し国のあちこちをお歩きになると、現し国の様子が、いままでとはすっかり変わった気持ちで眺められるようになったことに、お気付きになられました。

そこで、須佐之男命はこれはどうしたことかとお思いになって、よくよく心を鎮《しず》めてご反省になりました。

すると《なきいさち》の気持ちでおいでになった頃には、見るもの、聞くもの、触れるものことごとくが、不平の種《たね》であり、癇癪《かんしゃく》を起こす材料でありましたのに、いまは何を見ても、何を聞いても、何に触れても癇癪は起こりません。

須佐之男命は、自分の心にこのような変化が起こったことを、たいへん嬉しくお思いになり、なお、立派な《まいのぼり》について、《みたましずめ》を続けられました。こうして、現し国の姿をご覧になると、現し国の様子がますます違った気持ちで眺められるようになりました。

そして、ある時、次のようなことをお覚りになりました。

《みたましずめ》を続けながら、現し国のあちこちをお歩きになっていますと、自分が伐《か》り倒したり抜き捨てたりした木や踏み付けた草が、たいへん可哀想《かわいそう》になりました。また、自分が荒らしたり穢《けが》したりした河や海が可哀想になりました。あるいは、自分が殴り殺したり踏み潰《つぶ》した動物たちも可哀想になりました。
須佐之男命は、本当に気の毒なことをしたとお思いになって、草木や動物や運河などをご覧になると、自分と直接に交渉のあったものも、なかったものも、みんな《なきいさち》の状態から抜け出したくて、自分に救いを求めているように思われて
「自分は現し国の治め人として遣《つか》わされたのであった。天地の化育《かいく》に参ずる開拓と生産の《ことよさし》を受けたのであった。にもかかわらず自分は《なきいさち》をやって、青山を枯山なす泣き枯らし、海河をことごとに泣き乾すようなことをしておったために、みんなも《なきいさち》をやっていたのだ。自分一人だけの《まいのぼり》をしてはいけない。みんな共々に《まいのぼり》をしなければならなかったのだ」
とお覚りになりました。

このように悟ってみると、自分が不平不満の材料にしていた〈あらぶる神〉の存在も、いろんな〈わざわい〉が起こってきたことも、その基《もとい》はみんな自分が作ったものだったことがはっきりとおわかりになりました。

そして、須佐之男命は

「現し国の《なきいさち》と〈あらぶる神〉と〈わざわい〉の全部を直し治めることが自分の責任だから、それらのもの全部を、自分の身にこめて《まいのぼり》をしなければならない」

と決心なさいました。

「これこそ本当の立派な《まいのぼり》であった」

とお覚りになったのであります。

このようにして、《みたましずめ》の結果、本当の《まいのぼり》の仕方をお覚りになった須佐之男命は、現し国のあらゆる穢《けが》れを背負って、正々堂々と高天原にまいのぼって行かれました。

この有り様を仰ぎ見た現し国の草も木も、山も河も、鳥も獣も、須佐之男命のお心の中を知って、みな一様に感動しました。島も海も揺り動いて、次にくるべき事柄についての大きな期待に満ちあふれたのであります。

このことを『古事記』の本文では

「山川悉《ことごと》に動《とよ》み、国土《くにつち》皆震《ゆ》りき」

と形容しているのであります。

ご先祖のお諭《さと》しを味わってみます。

## □傲慢《ごうまん》と不平

須佐之男命が現し国においでになったときには、文明とか文化とかいうものはなかったので、それに溺《おぼ》れることはありませんでした。

ところが、現代は文明とか文化と言われるところのいろいろな設備がありますし、田畑を始めとして生産手段も整っており、生まれながらにして文明や文化の恩恵に浸りきっている現代人には、かえって文明や文化の有難さはわからないかと思われます。殊《こと》に、生産の苦労を知らない人が多くて、いわんや国土開拓の苦労など、農民でも知らない者が多いのではないかと思います。

そのために、富める者は享楽《きょうらく》的生活に浸って心が傲慢《ごうまん》になっており、貧しき者は他を妬《ねた》んで不平の心になっており、傲慢と不平は同じ心の現われであって《なきいさち》の親類でもあります。

こうして、現代は《なきいさち》の心に溢《あふ》れており、しっかり叱っていただいて、すっかり裸《はだか》になって《まいのぼり》をしなければならない時代であると思います。

## □　心の中に生きる神

須佐之男命は〈現し国というのはこういうところである〉ということをお示しになって、それから〈こういうところに対しては人間はこういうふうにすべきだ〉ということをお示しになっているのであります。

現実の世の中は相対の世界ですから、楽しいことがあるように、苦しいこともあります。また、生きるためには働かなくてはならないし、働くことは楽しいことですが、疲れを伴うことでもあります。あるいは、現実の世の中には病気や死がありますし、愛憎《あいぞう》の心も闘争もあります。

われわれは平生《へいぜい》、何の疑問も抱かずに、これら様々の相対し矛盾したことをそのまま受け入れて、平気で生活しております。しかし、何か問題が起こった場合には、この相対し矛盾したことが、たいへん苦しくなって、何とかして、この矛盾から逃れたいという気持ちが起こります。

ところが、人間でいる限りは、つまり、死んでしまわない限りは、この現実の矛盾の状態から逃れることはできません。第一に、死ぬことは厭《いや》ですし、病気をしないわけにはいきません。他人を憎むまいと思っても、悉《ことごと》くの人を好きになることはできません。泣いたり悲しんだりしたくないと思っても、どうすることもできません。甘いものは甘いし、まずいものはまずいのであります。

「こんな世の中に神も仏もあるものか」

という気持ちになって、勝手なことをしておれば、その後の苦しさはどうすることもできなくて、考えてみれば、神や仏の存在しないような世の中は想像するだけでも寂《さび》しいものであります。

こうして、われわれは真剣に〈神や仏という言葉で現わされている何ものか〉を求め探さずにはおられなくなるのでして、これは誰にでもある気持ちではないかと思いますが、ここに須佐之男命の《まいのぼり》の教えがあると思うのであります。

実は、須佐之男命は昔々おいでになった神さまではなくて、われわれのうちに生きておいでになる神さまだったのであります。《まいのぼり》はわれわれの通らなくてはならぬ関門だったのでして、この関門を通過せぬうちは一人前ではないと思うのであります。

## □人生の根本問題

われわれの身体は大地から出来ていて、その点では他の動植物と同じであって、しかも、われわれの身体は他の動植物の身体より複雑微妙に出来ていますから、大地から来る要求をたくさん持っております。

たとえば、植物は歩けないのに、われわれは自由に歩き回ることができます。動物には言語がないのに、われわれは自由に話すことができます。にもかかわらず、われわれの身体は動植物と同じように大地によって成り立っております。つまり〝もの〟であり〝こと〟である点においては、なんら変わるところはありません。

ごく単純な考えで生きている子どもの頃には、われわれはこの事実に、何の思慮《しりょ》も巡らさなければ、苦痛も感じなくて、動植物と同じように空気を吸い食物を摂って生活しておりますが、だんだん大きくなるにしたがって、自己が生きているそのことの中に、種々の矛盾があることに気付きます。さらに、自分と他人との間に、いろんな矛盾があることに気がつきだすのでして、性格の差、地位の差、運不運、貧富の差などはその一例に過ぎません。

さきほど、お話ししたように、われわれ人間は他の動植物と同じように大地から出来たところの〝もの〟であり〝こと〟でありますが、同じ〈ものごと〉の中でも、他の動植物より優れているような気持ちでおりますが、果たして人間のほうが他の動植物より優れているかどうか、首を傾げさせられるところもあって、人間のほうが手足の自由が利き、心理作用が複雑なだけ、かえって劣っているのではないかという気もいたします。

「人間は万物の霊長である」

と言いますが、世の中の現実に触れてみますと、その通りだとは考えられなくなるのであります。

愛憎も、闘争も、殺しあいも、虚偽《きょぎ》も、その他、あらゆる罪悪と考えられる事柄は、他の動植物の世界より人間社会のほうが、数量から見ても、複雑さ微妙さから見ても、はるかに狡知《こうち》であります。

その結果、人生を厭《いと》わしく思い、人生を否定するような考えも起こり、厭世《えんせい》的な考えも起こるのであります。しかしながら、どんなに人生を否定してみても、人間社会から逃れようとしてみても、それは到底できないことであって、逃れられないものならば、しっかりした生き方をしなければならないことになります。

そこで、われわれは〈人間とはいったい何であるか〉〈人間が作る世の中とはいったい何であるか〉という根本問題にぶつかってくるのであります。そして、この根本問題にぶつかるまでの不平不満が《なきいさち》であって、根本問題に真剣にぶつかっていくことが《まいのぼり》であると思うのであります。

## □〝み〟と〝ひ〟の本質

古語でいうならば〈〝こと〟（万象）の実相は何か〉ということを求める心から出発して〝こと〟の全体を知る前に、まず〈〝こと〟のなかの〝みこと〟であるわれわれ自身は何か〉という問題に真剣にぶつかることが《まいのぼり》であります。

そこで〈〝こと〟をして〝こと〟たらしめている〝み〟の実相に参じよう〉ということになり、この〝み〟の実相を知ろうという気持ちを起こすことが《まいのぼり》であります。

この〝み〟を指して、われわれの祖先は〝い〟という場合もあります。

いのち、いきる、いかり、いのり、いぶき、いわい、いつく、いさむ、いとし、などの言葉が現わしている〝い〟であって、この〝い〟を中心に言いますと〝いのち〟の実相に参じようとするところの〝いのり〟気持ちや〝いつく〟気持ちが《まいのぼり》になると思うのであります。

また、この〝み〟を指して、われわれの祖先は〝ひ〟と言っておりまして、われわれ自身を〝ひと〟と言い、これを男女の二つに分けて〝ひこ〟〝ひめ〟と言っております。

あるいは、天皇陛下は〝ひのみこ〟〝ひつぎのみこ〟であり、天照大御神は〝ひのかみ〟であり、日本は〝ひのくに〟〝ひのもとつくに〟と呼ばれております。

このようにして、われわれの祖先は、人間の本質、日本人の本質、天皇のご本質、神さまのご本質を〝ひ〟であると考えております。

そして、この世の中は、すべて〈もと（本源）〉があって出来ていますから、末の事柄にある矛盾・反対に気付いたならば、末をして末たらしめている〈もと（本源）〉に帰って、この力で矛盾・反対を整えるより他に方法はないのですから、すべての本質であり本源であるところの〝ひ〟に向かって進んで行き〝ひ〟の何ものであるかを知ることが大事であると思うのであります。

また、この〝ひ〟に向かって進んでいくことが《まいのぼり》で、この《まいのぼり》をして〝ひ〟をよく知った者を指して〝ひじり〟と呼び、この現在は漢字で〝聖〟という字を当てますが『万葉集』では〝日知〟という文字を当てております。

この〝ひじり〟になって、立派な〝ひとになることを求めているのが〝まいのぼり〟でありましょう。

須佐之男命が、お姉上さまの天照大御神にお会いになりたくなったということの中には、こういう教えも含まれていると思うのであります。

# 第三章　いつのをたけび

# 原文

爾天照御大神聞驚而詔、我那勢命之上來由者、必不善心。欲奪我国耳。即解御髪纏御美豆羅而、乃於左右御美豆羅、亦於御縵、亦於左右御手、各纏持八尺勾玉璁之五百津之美須麻流之珠而、曾毘良邇者、負千入之靫、比良邇者、附五百人之靫、亦所取佩伊都之竹鞆而、弓腹振立而、堅庭者、於向股蹈那豆美、如沫雪蹶散而、伊都之男建蹈建而待問、何故上來。爾速須佐之男命答曰、僕者無邪心。唯大御神之命以、問賜僕之哭伊佐知流之事。故、白都良久、僕欲往妣國以哭。爾大御神詔、汝者不可在此國而、神夜良比夜良比賜。故、以為請将罷往之状参上耳。無異心。爾天照大御神詔、然者汝心之清明、何以知。

# 書き下し文

ここに天照大御神《あまてらすおおみかみ》聞き驚きて詔りたまひしく、「我《あ》が汝弟《なせ》の命《みこと》の上り来る由《ゆえ》は、必ず善き心ならじ。我《あ》が国を奪はむと欲《おも》ふにこそあれ」とのりたまひて、すなはち御髪を解きて、御《み》角髪《みづら》に纏《ま》きて、すなはち左右の御角髪にも、また御鬘にも、また左右の御手にも、各《おのおの》八尺《やさか》の勾璁《まがたま》の五百箇《いほつ》の御《みす》統《まる》の珠《たま》を纏《ま》き持ちて、背《そびら》には千入《ちのり》の靫《ゆぎ》を負い、ひらには五百入《いほのり》の靫《ゆぎ》を附け、また稜威《いつ》の竹鞆《たかとも》を取り佩《お》ばして、弓腹《ゆはら》振り立てて、堅庭《かたにわ》は向股《むかもも》に蹈《ふ》みなづみ、沫雪《あわゆき》如《な》す蹶《くえ》散《はらら》かして、稜威《いつ》の男《お》建《たけび》蹈《ふ》み建《たけ》びて待ち問ひたまひしく、「何故《なにしかも》上り来つる」と、とひたまひき。ここに速須佐之男命、答へ白《まお》ししく、「僕《あ》は邪《きたな》き心無し。ただ大御神の命《みこと》もちて、僕《あ》が哭《な》きいさちる事を問ひたまへり。故《かれ》、白《まお》しつらく『僕《あ》は妣《はは》の國に往《ゆ》かむと欲《おも》ひて哭《な》くなり』とまおしつ。ここに大御神詔りたまひしく、『汝《いまし》はこの國に在るべからず』とのりたまひて、神逐《かむや》らひ逐らひたまへり。故《かれ》、罷《まか》り往《ゆ》かむ状《さま》を請《まお》さむと以為《おも》ひてこそ参上《まいのぼ》りつれ。異心《ことごころ》無し」とまおしき。ここに天照大御神詔りたまひしく、「然《しか》らば汝《いまし》の心の清く明《あか》きは何《いか》にして知らむ」とのりたまひき。

# まえがき

《いつのをたけび》は『古事記』の原典には《伊都之男建》と書いてあります。あるいは《稜威之男建》または《稜威之雄建》と書いてもよろしいでしょう。

天照大御神《あまてらすおおみかみ》が男神の姿をお装いになって

「いかなる力にも、いかなる謀（智慧）にも、決してまけないぞ」

という威力をお示しになったことであります。

今回のところは、前回の《まいのぼり》の続きで、まことに有難く、あまりに意味深いところですから、文字にするのが憚《はばか》られるほどですが、そう言ってばかりもおられませんので書くことにいたします。

題目も、他に選びようもありましょうが、いつものように、私どもの日常生活に関係のある味わい方を許していただくことにして、このような題目をつけたのであります。

今回のところは、岩波文庫本で言いますと、第十七頁の六行目から、第十八頁の一行の中頃まででであります。

次に、現代文に書き下していきますから、これをお読みになった上で、原典をよく味わって下さい。天照大御神がお示しになるお諭《さと》しを味わわせていただくのですから、それにふさわしい心構えが必要であります。

# 本　文

## □天照大御神の心の中

現《うつ》し国のあらゆる〝汚れ〟を背負って、正々堂々と高天原《たかまのはら》にまい上《のぼ》って行かれる須佐之男命の様子が高天原に伝わってまいりました。この須佐之男命の《まいのぼり》の有り様をご承知になった天照大御神は、たいへんお喜びになりました。

事情が詳しくおわかりにならないうちは、高天原では天照大御神も八百《やお》万神《よろずのかみ》も、現し国から何事が起こってくるかと、お驚きになったことと思いますが、事情がおわかりになった天照大御神はたいへんお喜びになったのであります。

天照大御神は、お父上からしっかりと叱《しか》っていただいて、真剣になって参上って来る弟神の須佐之男命に対して、どういうことをなさったのでしょうか。

弟神が現し国からはるばるとやって来られたのですから、ご馳走《ちそう》の支度でもお整えになって
「お前は不心得者だったが、お父上に目を覚ましていただいて、真面目になって嬉しいことです。さあさあ、ゆっくりと寛《くつろ》ぎなさい」

というようなことでも仰せになりそうな気がいたします。

昨今の一般でありましたら、そんなことになるかと思いますが、天照大御神はそのような簡単な扱い方をなさいませんでした。

天照大御神は喜びに踊る心をお鎮《しず》めになって、じっとお考えになりました。高天原をしろしめす者として、どんなふうに弟に対すべきかということを、お考えになったのであります。

「弟の須佐之男命は、お父上の伊邪那岐大御神の怒りに触れて、初めて目

が覚めて《まいのぼり》をしてくるのであって、弟の心は確かに良い方に向かっている。それだけに、ここで少しの隙《すき》も与えてはいけない。行き着くところまで行き着かせて、完全に磨きをかけなければならない。ここでただ《まいのぼり》をしてきたことだけを喜んで、なまなか親切を示して、油断でもさせたら大変な間違いになる」

このようにお考えになりました。

そしてまた

「弟の心は決して完全になったというわけではない。弟の根本心〈和御魂《にぎみたま》〉を動かし出させて、完全な心の状態に整えるのは、お父上からお任せいただいた私の役目である。

現在の弟の心は決して完全な麗《うるわ》しき心の状態には達していない。鍛えないでこのままで置いていたら、高天原にしばらくいるうちに〈高天原にいつまでもおって高天原をしろしめす者になりたい〉というような間違った考えが出てこないとも限らない。そういう間違いのないように、須佐之男命の心を磨きあげるにはどうしたらよいだろうか」

こんなふうにも考えられました。

もちろん、天照大御神のことですから、お困りになったり、お迷いになったわけではないと思いますが、順序をつけて説明すると、このようになると思います。

それは

「須佐之男命に対して、どうすればよいかということが決まった」

という印《しるし》だと思います。

## □ 男神の姿

そこで、天照大御神はにっこりと微笑まれ、周りの神々が不思議がるのをそのままになさって、身の装いをお変えになって、すっかり男神の姿におなりになったのであります。

先ず、髪をお解きになって、男子の結ぶ髪型の〈みづら〉になさいました。そして、左の〈みづら〉にも、右の〈みづら〉にも、それから〈みづら〉に装飾としてついている鬘《かづら》にも、左右の手にも、それぞれ〈八尺勾玉之五百津之美須麻流之珠《やさかのまがたまのいほつのみすまるのたま》〉を巻き付けてお持ちになりました。

それから、背中には沢山の矢が入れてある靫《ゆぎ》をお負いになりました。さらに、左の臂《ひじ》には立派な竹鞆《たかとも》をお着けになり、そして、弓をお取りになりました。

このようにして滞りなく男髪の姿におなりになった天照大御神は、お庭に降り立ち、弓腹をふりたて、お足を地に踏み付けて、威容をお示しになりました。お力があふれて、堅い庭の上に、お足がお股までめり込んで、土が雪が降るごとくに飛び散るかと思われる有り様でした。

こうして、天照大御神は《いつのをたけび》の状態にお入りになって

「これでよし」

とすっかり準備が整って、須佐之男命の《まいのぼり》をお待ちになったのであります。

限りなき〈ひかり〉の本源でいらせられ、はかり知れぬ〈あわれみ〉の本源でいらせられる天照大御神が、その限りなき〈ひかり〉と、はかり知れぬ〈あわれみ〉とを内にお包みになって、その〈ひかり〉をお現わしになるのに力と知謀とをもってせられ

「どんな力にも、どんな知謀にも負けない」

ことをお示しになったのであります。

その有り様は、貴しとも、麗《うるわ》しとも、美しとも、恐しとも、言葉では何とも申し上げようのないことでありました。

## □無言のご対面

このようにして、天照大御神がすっかり準備をお整えになって待っておいでになるところに、須佐之男命がお着きになったのであります。

そして、高天原をしろしめす天照大御神と、現し国をしろしめすべき役目をお持ちになる須佐之男命との、正々堂々のご対面が行なわれることになったのであります。このご対面の真相は、言葉では現わし難いと思いますが、たぶん次のようであったと推測されるのであります。

天照大御神は須佐之男命がどんな事情で《まいのぼり》されたかということは十分に知っておいでになりますし、須佐之男命も天照大御神がその事情を知っておいでになることはわかっているのであります。

したがって、天照大御神と須佐之男命との間に《まいのぼり》の原因や状況についての問答などあるはずはありません。天照大御神と須佐之男命とのご対面は、天照大御神は天照大御神として、須佐之男命は須佐之男命として、ごめいめいになさるべきことを、お示しになるご対面なのであります。

各々その現わすべきところを現わすところのぶつかり合いですから、お顔やお言葉でなさるご対面ではありません。もしご対面というなら、無言のご対面でありましょう。

あえて、その消息を推し測って書いてみますと、次のようなことになるかと思います

## □ 天照大御神の役目

須佐之男命は高天原の天照大御神のところにお着きになりました。定めし、天照大御神をはじめとして、高天原の八百万の神々が
「よく《まいのぼり》して来られた」

と言って、お喜びで自分を歓迎してくれるものと信じておいでになったと思われます。

ところが、高天原に着いてみると、それどころではなくて、高天原はただならぬ様子ですから、須佐之男命は気持ちを引き締めて、天照大御神の前においでになりました。

そして、天照大御神のご威光《いこう》にふれて、全身に霊水を注がれたようなお気持ちになり、ハッとしてお辞儀《じぎ》をなさって、再びお顔をお上げになり、天照大御神のご様子を、じっとお見つめになりました。ここで初めて、須佐之男命は〈ひのかみ〉としての天照大御神にお出会いになったのであります。

天照大御神も須佐之男命のお目をじっとご覧になりましたが、これが《いつのおたけび》であります。これを言葉にいたしますと、次のようなことになると思います。

「暫《しばら》くぶりにお目にかかれて嬉しいことです。しかし、あなたは《まいのぼり》して来られて〈ひのかみ〉としての私にお会いになったのであります。〈ひのかみ〉としての私には〈ひのかみ〉としての務めがあって、私はその務めを果たさなければなりません。

私が自分の務めを正しく果たすことが、あなたの《まいのぼり》を完成することになりますし、お父上が《まいのぼり》をお命じになった趣旨にも添うことになりますから、ただ喜んでいるわけにはまいりません。

私の役目は、私の持つ〝ひ〟の〈ひかり〉を完全に照らし出して、あなたの身と心の隅々までくまなく照らして、あなたの身と心に少しの隙でもあったら、それをはっきり見つけて取り除かなくてはなりません。

この私の役目を拒《こば》むものがある場合には、どんな強い力も、どんな知謀も、打ち拉《ひし》いで私の役目を果たします」

天照大御神のお姿から、このような意味の〈ひかり〉が照り輝いて、須佐之男命の身心を包んだので、須佐之男命はぶるっと身震《みぶる》いされました。

「あなたが《まいのぼり》して来られた気持ちは、私の持つ〝ひ〟の〈ひかり〉を求めて来られたことはよくわかっておりますが、あなたの心にも身にも、一点の隙もないというわけにはいかないと思います。《まいのぼり》をして、ここにこうして来られるまでの気持ちがどんなものであったか、いまここで細かく調べてごらんなさい。

お父上の伊邪那岐大御神が《ことよさし》になった〈うけもち〉を忘れて、あなたは須佐之男命でありながら、そのことを忘れて〈ひのかみ〉である私の役目を羨《うらや》むような気持ちが起こったことはありませんか。もしあったら、私の〈ひかり〉で、よく探し出して、そのような汚い心はきれいに禊《みそぎ》払いして取り除きなさい」

《いつのおたけび》は、ひとつの〈ひかり〉であって、言葉ではありませんが、その内容を仮りに言葉で現わしたら、以上のようになるかと思います。

## □須佐之男命の反省

須佐之男命は、このような天照大御神の《いつのおたけび》という〈ひかり〉におふれになって、いよいよ真剣勝負におなりになりました。それはそのはずで、これが《まいのぼり》の第一関門であったわけですから、須佐之男は天照大御神の〈ひかり〉をいっぱい浴びながら、御魂鎮《みたましず》めをなさいました。

天照大御神は、その有り様をじっとご覧になっておいでになりました。八百万神《やおよろずのかみ》は鳴りを鎮めて周りに控えておられました。何という真剣で荘厳《そうごん》な有り様でしょう。

やがて、須佐之男命は御魂鎮めを終わりまして、次のように仰せられました。

「有難うございました。男神の姿に装いをお改めになってまでも、お示し下さいました《いつのおたけび》の〈ひかり〉によりまして、私は完全な禊《みそぎ》をすることができました。自分自身を反省することができました。お姉上のお示しになっている《いつのおたけび》のなかには〈ひのかみ〉としての、計り知れぬ哀《あわ》れみと恵みの光が、力と知謀のなかにこもっております。

私が現し国でやっておりました《なきいさち》の中には、ただの力とただの知謀だけしかございません。私はその自分が持っている種々の力と、種々の知謀すらも互いにごちゃごちゃに矛盾させておりました。統一することができないで、不平を言っておったのであります。

そのために、私の不平が現し国の中に伝染して、あらゆる災いを引き起こしておったのであります。私は力と知謀を用いて、開拓をしたり、建設をしたりすることをせねばならぬ現し国の仕事などというものは、実にくだらないことで、価値のないことだと思い込んでおりました。つまり、力と知謀とは、使えば使うほど矛盾を生み、乱れを生みだすものだと思い込んでおったからであります。

こんな状態でおりましたのを、お父上に激しく叱っていただきました。そのときから、こんな考え方、こんな気持ちではよくないということだけは、よくわかったのであります。自分の《なきいさち》がいけなかったことも、自分の《なきいさち》から起こった混乱が、このままで放っておけないことはわかったのですが、どうしたらよいかわからなかったのであります。

ところが、ただいまお姉上の《いつのおたけび》のお姿を見せていただきまして、私はすっかりわかりました。〈ひのかみ〉でいらせられるお姉上がお持ちになる〝ひ〟の〈ひかり〉によりさえすれば、どんな力も、どんな知謀も、立派に役立つことを知ることができたのであります。

お姉上の〈ひかり〉の力によりまして、私の中には汚い心は少しもなくなりました。私が須佐之男命であるという、自分の姿がはっきりとわかりました。自分は自分以外のものにはなり得ないということも、自分が自分として徹底することがすべてだということもよくわかりました。自分の受持ちの貴さも本当によくわかりました。

したがって、お父上の伊邪那岐大御神がお定めになった受持ちを乱すような汚い心は、もはやどんなことがあっても起こることはありません」

## □〈清明心《あかきこころ》〉の証明

このように仰せになる須佐之男のお顔を、じっと見つめておいでになった天照大御神の〈ひかり〉は、いよいよ晴れやかに照り輝きました。

そのとき、須佐之男命は次のようにに言葉をお続けになりました。

「振り返ってみますと、私はお父上からの《ことよさし》の貴さを忘れておりました。したがって、自分の受持ちの貴さも忘れておりました。そして、天照大御神の受持ちを羨ましく思いました。そして、不平不満の心で《なきいさち》をやっておりました。

このことがお父上の伊邪那岐大御神に知れまして〈なぜ《なきいさち》をやっておるのか〉と、お問いになりました。それで私は〈お父上は私にこんなつまらないことをお言い付けになりまして、私はそれが不平です。こんなつまらないところにおるよりは、お母上のおられる根の国に行ったほうがよいくらいです。《なきいさち》をやるのは当たり前でしょう〉と申し上げました。

ところが、お父上は真剣にお叱りになりましたので、私は目が覚めました、しかし、私は過ちの責任は負わなければなりません。そこでお父上から《神やらひ》に処せられ、それによって、私はいよいよ自分がいけなかったことがわかり、潔く《神やらひ》を受けようと思いました。

その決心をいたしますと、不思議なことに、お姉上にお目にかかりたくなり、お父上にそのことを申し上げましたところ〈それはよいことだ。ぜひ《まいのぼり》しなさい〉と言って、お許しを得ましたので、私はどうしたら立派な《まいのぼり》ができるかを考えたうえで、こうしてやってまいりました。

そして、お姉上にお目にかかり、お導きを得た上で、一旦は根の国にまいりますが、その後に現し国に帰って、建設の受け持ちを果たすつもりであります。ただいまの私の気持ちはこの他には何もなくて、ふらふらした考えも雑念もありません。

お姉上のお光でよくお照らし下さいまして〈怪《け》しき心〉のないことをお確かめいただきたいと思います」

そのときの須佐之男命のお顔は、どんなにかお喜びに輝いておったかと思われますが、須佐之男命のお言葉をお聞きになった天照大御神はたいへんお喜びになり、そのお光はいよいよ照り輝いて

「須佐之男命よ、あなたは〈怪《け》しき心〉も〈穢《きたな》き心〉もなくなって〈清明《あかき》心《こころ》〉になり、本当に嬉しいことです。

しかし、いまここで〈清明心〉の証《あかし》をして、広く知らしめることが必要です。ただじっとしている〈清明心〉はないはずで、どんなふうに活動すべきか、そのことを考えて実行しなければなりませんが、どうしたらいいと思いますか」

このように仰せになったのであります。

# あとがき

以上に書き下してまいりましたところを反省いたしまして、ご先祖のお諭《さと》しを味わうことにいたします。

## □ 稜威《いつ》の雄叫《おたけ》び

まず《いつのおたけび》ということについて申し上げます。

《いつのおたけび》は、これを分かりやすい漢字に書き改めると〈稜威《いつ》の雄《お》叫《たけ》び〉となるかと思います。

意味は〈〝い〟に基づく勇気〉とでも申しますか、あるいは、もっと分かりやすく申しますと〈本当の力〉〈本当の知謀〉というふうに受けとってもよろしいかと思います。

正義を実現するための力とか知謀と言ったのでは、何だか少しごちごちした感じが出て狭い意味になりそうですが、要するに〈ひのかみ〉の御稜《みい》威《つ》の光の力と知謀との形をとって現われた姿のことであります。『古事記』のここのところを読ませていただくと、いろいろのことが思い出されますが、私どもはたいてい自分の母親のことを思い出すのではないでしょうか。

どんな母親も、自分の子に対しては〈ひのかみ〉からいただいた〈ひかり〉を持っております。絶対の愛というか、無我の愛というか、親子一体観に基づく愛の心を持っております。したがって、子どもにとっては、母親ほど有難い、懐かしい、優しいものはないのであります。

ところが、時によりまして、その母親が非常な力と知謀を出すことがあります。平生《へいぜい》おとなしい母親に真剣に叩かれた場合には、とくに目に涙をたたえて泣くのをこらえながら叩かれた場合には、どんな子どもでもそれに逆らう力とか手立てはないのでして、これは一種の《いつのおたけび》であると思います。

いやしくも、一人前の大人になって、年老いた母親のいる人であるならば、母親のこの《いつのおたけび》の〈ひかり〉に触れなかった人は少ないと思うのであります。

小楠公《しょうなんこう》（楠木正行《くすのきまさつら》）が、大楠公《だいなんこう》（楠木正成《まさしげ》）戦死の知らせを聞いて自刃《じじん》しようとしたとき、母・大楠公夫人のとった態度は、やはり一種の《いつのおたけび》だったと思います。

また『孟母断機《もうぼだんき》の教え』というのがありまして、これは孟子《もうし》が修行の途中で母親のもとに帰って来たとき、孟子の母親が織りかけておった機《はた》を切って見せて、孟子を戒めたということですが、この場合の母親の態度も《いつのおたけび》の一種であると思います。

それから、赤穂浪士《あこうろうし》の母とか妻の中には、自らの命を絶って、子や夫の義挙を励ました人があったと聞きますが、これもまた一種の《いつのおたけび》だと思うのであります。

さらには、中江藤樹《とうじゅ》が子どもの頃、近江《おうみ》から伊豫《いよ》の大洲《おおず》に修行に行っていたとき、母親の病気を心配のあまり、家に帰って来ました。そのとき、藤樹の母親は、わざわざ伊豫から帰ってきた藤樹を、修行の途中で帰ったことを叱って、家の中に入れなかったという話がありますが、この母親の態度も一種の《いつのおたけび》であったと思うのであります。

これらの事例のように〈まごころ〉の上で用いる力や知謀というものには、どんな力や知謀も勝つことはできないのであります。

あるいは、元寇《げんこう》のときや日清・日露の両戦役に日本国の取った態度は、現代的に言えば正義の戦いに立ったというのですが、本当を言えば〈ひのもとつくに〉〈ひのくに〉である日本国が示した《いつのおたけび》であったと思うのであります。

そのときの天皇の《いつのおたけび》であったことは言うまでもありませんが、国民もまた、その天皇の《いつのおたけび》の〈おひかり〉をいただいて共に奮い起ったのであります。

日清戦争も日露戦争も、決して力や知謀だけで勝ったのではなくて、明治天皇の御稜威によって統《す》べられた国民の力と知謀とによるのであって、つまり《いつのおたけび》によって勝ったと思うのであります。

このように味わってみると《まいのぼり》前の須佐之男命は、その御名を建速須佐之男命と申し上げる言葉でお示しになっているように、ただの雄叫《おたけ》びをやっておったのであります。

お父上の伊邪那岐大御神からいただいたはずの〝い〟あるいは〝みいつ（御稜威）〟を忘れて、ただただ力と知謀とをお用いになったのですから、これはただの雄叫びでありますが、《まいのぼり》をなさいまして〝い〟

と〝みいつ〟から起こる《いつのおたけび》を〈ひのかみ〉によって、お示しいただいたのであります。

私どもも勝手な雄叫びをやって、家族や世の中に乱れと悲しみの種を蒔《ま》いているのではないかと思うのであります。個人だけではなく、国全体としても《いつのおたけび》をせねばならぬときであって、ただの雄叫びをやらないように注意しなければならないと思います。

ここで〈にぎみたま〉〈あらみたま〉について申し上げておきます。

〈にぎみたま〉には和御魂という文字を当て、〈あらみたま〉には荒御魂という文字を当てていますが、この言葉によって《いつのおたけび》を説明いたしますと、和御魂を根本にして、和御魂を実現するために活動する荒御魂が《いつのおたけび》であります。ところが、和御魂を離れて荒御魂だけが活動するときはただの雄叫びであります。

## □力と知謀の価値

次に、天照大御神のご本質を御倉板挙之神《みくらだなのかみ》と申し上げることを中心に反省してみることにいたします。

御倉板挙之神とは

「あらゆる価値を作り出しになる根本の神」

という意味であります。

この点から考えますと、天照大御神は自ら武装なさることによって、力と知謀を使ってお見せになり、この力と知謀とは〈ひのかみ〉のひかりによって使えば見事なものであること、必要欠くべからざる大切なものであることを、お教えになったのであります。

また、力と力、力と知謀、知謀と知謀の調和は〈ひのかみ〉のひかりによらなければ生まれ出るものではないということ、〈ひのかみ〉のひかりによりさえすれば、見事な調和が生ずるものであることを、お示しになっているのであります。

その点、力と知謀だけしかお持ちにならないで、しかも、その力と知謀の価値を否定せざるを得ないような気持ちでおられた須佐之男命は、〈ひのかみ〉のひかりに接することによって、自分が持っているところの力と知謀とをすべて肯定すべきこと、力と知謀の真の価値を教えていただいたことになるのであります。

## □〈こころ〉の働き

次に〈こころ〉ということを中心にして考えてみたいと思います。

今回のところには〈うるわしきこころ（善心）〉〈きたなきこころ（邪心）〉〈けしきこころ（異心）〉〈あかきこころ（清明心）〉など、いろいろな心の有り様が現われております。

要するに〈こころ〉のさまざまの状態が示されております。私たちの心はいろいろな形で働きます。現代の言葉で申しますならば、私たちには様々な意識の働き方があります。見方を変えますと、私たちのうちに働くいろいろな欲望と言ってもよろしいかと思います。

また、神さまは私たち人間に、一つとして不必要な心の働き方は、お与えになっていないと思います。たとえば、怒ることでも、泣くことでも、喜ぶことでも、争うことでも、みな必要な心の働きであります。

動く心の中に盛られている欲望という点から申しましても、人間は一つとして不必要な欲望は神さまから授かってはおりません。それなのに、どうしてこのように、善、邪、異、清明というような漢字を当てる心の状態が生じるのでしょうか。

先《ま》ず〈きたなきこころ（邪心）〉の意味からお話しましょう。

どんなに必要な心の働きであり、どんなに必要な欲望であっても、その動き方が適当でなかったときにはよくないということになります。このように考えますと、私たちが授かっている心理作用も欲望も、使うべきときに使わなかったら、たとえそれがどんなに重要な心理作用や欲望であっても、よくないものになるのであります。

このように、使うべきとき動くべきときでないのに動く心を指して〈きたなき心（邪心）〉と言うのであります。〝きた〟というのは、順序、秩序という意味であります。物の分、段、けじめが〝きた〟であります。つまり〈きたなき心（邪心）〉とは、この〝きた〟のない状態の心、整頓《せいとん》されていない心ということであります。

たとえば、どんなに食欲が人生に欠かせないものであっても、食べてはならないときに食べれば、それは〈きたない〉ことであります。

「怒ることはいけない」

と申しますが、それは子どもに対して言うことであって、怒るべきときに怒れない大人の心は、やはり〈きたない〉と言ってよいのであります。

これに反して、怒るべきでないときに怒れば、それは〈きたない〉のであります。お座敷に散らばっている塵《ごみ》は〈きたない〉のですが、塵箱《ごみばこ》にきちんと収まった塵は〈きたなく〉ありません。どんなに高価な宝石でも、お座敷にばらばら放っておくときは〈きたない〉のであります。

それなら、人間の心遣いや行動に〝きた〟があるかないかは何によって定まるのでしょうか。実はこれを定める標準を与えるものが〈おひさま〉なのであります。〈おひさま〉の〈ひかり〉に照らされて、初めて〝きた〟があるかないかが定まるのであります。

この〈おひさま〉の〈ひかり〉に照らされて、ありのままの姿が明らかになった心の状態が〈あかきこころ（清明心）〉であります。〈おひさま〉の〈ひかり〉に照らされて、乱れた心の秩序なき状態を明らかにして、これに〝きた〟を与えた状態が〈うるわしきこころ（善心）〉であります。

また〈おひさま〉の〈ひかり〉によって照らす作用を〈あきらめる〉と申します。〈けしきこころ（異心）〉とは〈きたなきこころ（邪心）〉が〈おひさま〉の〈ひかり〉に照らされて〈うるわしきこころ（善心）〉になっていくのですが、その途中で〝きた〟があるのでもない、ないのでもない、というふらふらした状態は、実に危険な状態であります。

きたない状態を指して〈けがれ（汚）〉と言うのですが〈けがれ〉とは〈ひのけ（気）〉の枯れたことを言うのであります。ところが〈ひのけ（気）〉を得るならば、そこに〝きた〟を生じて〈うるわしきこころ（善心）〉の状態になります。

したがって〈おひさま〉に照らされて〈ひのひかり〉を得ることを、他面から申しますと、それは〈みそぎ（禊）〉であって、この場合の〝ひ〟と〝み〟は同じ〈ひかり〉のことであります。

須佐之男命が〈ひのかみ〉であらせられる天照大御神の〈ひかり〉に接

して、初めて完全に自分の中から〈きたなきこころ（邪心）〉〈けしきこころ（異心）〉のない状態になって、お喜びになり

「〈きたなきこころ〉なし。〈けしきこころ〉なし」

とお答え申し上げていることがお分かりになりましょう。

それから〈うるわしきこころ〉を善心と書き〈きたなきこころ〉を邪心と書き、〈あかきこころ〉を清明心と書いてありますので、この考え方の中には〝よし〟〝あし〟という善悪観、つまり、倫理観が入っているように思われます。

また〈うるわしきこころ（善心）〉とか〈きたなきこころ（邪心）〉という考え方の中には、美醜《びしゅう》観、つまり、美というものについての教えがあると思うのであります。

## □〈うるわし（善）〉ということ

次に〈うるわし〉ということを中心に申し上げます。〈うるわし〉ということは、普通に漢字では〝麗〟の字を当てますが、『古事記』の今回のところでは〝善〟の字が当ててあります。けれども、われわれの祖先が〈うるわし〉というときには、そういう簡単な意味ではないのであります。

大国主命の《あかいだき（赤猪抱き）》の段落にも

「うるわしきおとこになりていであるきき」

と書いてあります。

神ながらの五則の中の第四則にも

「あかきこころを以《もっ》て、汚れをはらい、其《そ》の中よりうるわしきことを生ぜしむること」

と書いてあります。

これらの場合の〈うるわし〉ということは
「すべて、それで、よろしい」
という状態のことなのであります。
厳格に言えば、真であり、善であり、美であり、愛であるということですが、しかし、このように真・善・美・愛と言っても、ぴったりとは当てはまらないように思うのであります。
要するに、大和民族が、論理的にも、倫理的にも、審美《しんび》的にも、人情の上からも、その他、どのような見方から申しましても
「これでよろしい」
という場合だけ〈うるわし〉と言うのであります。
したがって、日本人の最高目的は、この
「うるわしきこころのうるわしきひと（善き心の善き人）」
ということになることにあります。

高い地位に付くとか、名を挙げるとか、お金を儲《もう》けるとかいうことは、日本人にとって最高目標にはならないのであります。実際に、私たちが歴史的に見て〈うるわしきひと〉という尊敬している人物を見れば、その人たちが何を目的に生活しておったかということがよくわかります。

次に、注意しなければならないのは

「〈うるわし〉ということを決定する権威は〈ひのかみ〉にある」

ということであって、私たちは決して〈うるわし〉ということを断定する気持ちをもってはならないのであります。

私たちはただ尽くすところを尽くし、果たすところを果たすのみでありまして、うるわしいか、うるわしくないかは〈ひのかみ〉のご判断に任すべきであります。つまり、うるわしくありたいという祈りを持ち、願望を抱くことは許されますが、自ら〈うるわし〉という断定を下せないのが真にうるわしい姿であります。

## □ 永遠の問題

次に〈ひのかみ〉について申し上げます。

〈ひ〉〈ひのかみ〉〈おひさま〉と申し上げるところのものが何であるかということは永遠の問題であり、この段落の中心問題であるのみならず『古事記』神代の巻全体の中心問題でもあります。

したがって、これは言葉をもってしては、いよいよ説明し得難いので、いろいろの方面から明らかにしようとしているのが『古事記』の神代の巻なのであります。

# 第四章　うけひ

## 原文

於是速須佐之男命答白、各宇気比而生子。

## 書き下し文

ここに速須佐之男命答へ白《まお》ししく「各誓《うけ》ひて子生まむ」とまをしき。

# まえがき

〈うけひ〉は、漢字で現わしますと『古事記』では〝宇気比〟という文字が当てられ、『万葉集』には〝得飼飯〟〝受日〟などの文字が当てられ、『日本書記』には〝誓約〟〝誓〟などの文字が当ててあります。

しかし〈うけひ〉ということの元の意義からすると〝誓約〟とか〝誓〟いとかいう文字よりも〝受日〟という文字のほうが、元の意義に近いと思います。

要するに〈うけひ〉というのは〝ひ〟を受けることですが、この場合の〝ひ〟は、日という文字だけでは現わし切れませんし、それから、受けるということも〝受〟という文字だけでは現わし切れません。

つまり、外部にある〝ひ〟の〈ひかり〉を受けるという意味もありますが、それだけではなくて、内部にある〝ひ〟の〈ひかり〉を諾《う》（肯）けるという意味も入っております。したがって、この〈うけひ〉という言葉が誓約とか誓いとかいう意味になるのは、第一義からずっと離れてからのことであります。

ここでは、この〈うけひ〉ということを中心に『古事記』を味わってみたいのですが、今回のところは前回の続きで、岩波文庫本では十八頁の一行目の中ほどから二行目までで、本文はわずか一行ほどですが、味わっても味わっても、味わい尽くせないところであります。

# 本　文

## □清明心《あかきこころ》の証《あかし》

天照大御神から
「心の清《あか》（明）きことは分かったから、その〈清明心《あかきこころ》〉の証《あかし》を立てよ」
というご命令をお受けになった須佐之男命は、じっとお考えになってから
「畏《かしこ》まりました。証を立てまして、生きた〈あかきこころ（清明心）〉の姿をお目にかけます。どうぞ、私を見守っておいでください」
とお答えになりましたので、天照大御神はにこやかに
「よろしゅうございます。見せていただきましょう」
と仰せになって、光り輝いて須佐之男命をご自身の〈おひかり〉で包ん

でおいでになりました。

須佐之男命は、天照大御神の〈おひかり〉に包まれながら、御魂鎮《みたましず》めに入られました。そして、静かに御魂鎮めをお続けになりました。

そうしますと、須佐之男命のお体も、また、身につけておいでのすべてのものも水晶のように無色透明になって〈おひかり〉を受けて輝きわたり、そこにあるものは、ただ〈おひかり〉だけになりました。

こういう一瞬が過ぎますと、その中から須佐之男命がお持ちになっておったあらゆる物事が形を現わしはじめました。最初にお体の各部分が順々に現われて、秩序ある組織体を作りました。

次に〈こころ〉が形を現わし、そのいろいろの〈こころ〉が見事な順序で組織されていきました。次に、いろいろな性質や欲望が現われて、見事な組織を作りました。次に、お身の回りの種々のものが形を現わして、それが整然とした秩序を保って現われたのであります。

こうして、お体や、お心や、種々の性質や欲望や、お身の回りのものまでが、すべて見事な統一体として現われ、その間に、一点の無理も矛盾もない有り様になったのであります。

## □お〈ひ〉さま

このとき、須佐之男命は静かに御魂鎮めから目をお開きになって、天照大御神にお辞儀をなさいました。

天照大御神は晴れやかに輝き渡られて

「見事であります。生きた〈あかきこころ（清明心）〉を立派に見せていただきました。本当に嬉しいことであります」

と仰せになりました。

須佐之男命はお喜びになりまして

「有難うございます。私も本当に嬉しゅうございます」
とお答えになりました。
すると、天照大御神はニコニコなさって
「須佐之男命よ、物事をはっきりさせるために、私はあなたに質問します。今あなたは生きた〈あかきこころ（清明心）〉を見せて下さいましたが、その〈あかきこころ（清明心）〉はどうして出来たのですか」
とお訪ねになりますと、須佐之男命は
「心は私のものですが、私の心が清明《あかく》なったのは、姉上さまのお陰であります」
とお答えになりました。
そこで、天照大御神が
「〝お陰〟とはどういうことですか」
と仰せになりますと、須佐之男命は

「姉上さまの〈おひかり〉をいただいたのであります」
とお答えになりました。
これに対して、天照大御神が
「私の〈おひかり〉ということですが、その私はいったい何ですか」
と仰せになりますと、須佐之男命は
「お〈ひ〉さまであらせられます」
とお答えになりました。

## □《うけひ》の徹底

すると、天照大御神はにっこり頷《うなず》かれまして
「その通りであります。それではもう一つお訊《たず》ねしますが、そのお〈ひ〉さまの〈ひ〉というものは、私にだけしかないものでしょうか。あなたに

は初めからありませんでしたか」

と、重ねて仰せになりました。

須佐之男命は、この厳しいご質問を受けられて、じっとお考えになりまして、やがて顔を上げて
「有難うございます。よくもそこまで導いて下さいました。私は自分の中には〝ひ〟の光はないと思っておりました。ところが、このようにだんだんとはっきり明らかにしていただくとよくわかりました。

私の中にもお父上の伊邪那岐大御神からいただいた〝い〟という形の、お姉上の中に〝ひ〟という形と同じ性質の力がございました。しかし、私はこの大切な〝ひ〟の存在を忘れておったのでありました。

そのために、私の《なきいさち》が起こり、お父上のお怒りに触れて、私の中にある〝ひ〟が働き始めてお姉上の〝ひ〟が慕わしくなって《まいのぼり》をしたのであります。

いまや私はお姉上の〝ひ〟の光りを受けまして、私自身の中に自分の力として存在する〝ひ〟の貴さを確認することができました。お姉上、本当にお喜び下さい。私ははっきりと〈あかきこころ（清明心）〉をつかむことができましたから、もう大丈夫でございます」

このように仰せになって、心から嬉しさをお示しになりました。

天照大御神はお喜びになりまして、次のように仰せになりました。

「あなたの言うとおりであります。それだけはっきりしてきて、まことに嬉しいことであります。あなたに出会ったために、私自身の持つ〝ひ〟の光りがどんな力のものであるかを明らかにできまして嬉しく思います。さて、須佐之男命よ。私とあなたの間で行われたこのような磨き合いは言葉で言い現わしたら何と申したらよろしいでしょうか」

これに対して、須佐之男命は

「これは《うけひ》と申したらよろしいかと思います。なぜならば、お姉上はご自分でご自身が〝ひ〟であられることを、いよいよ確かめてお喜びになっておられるのですから、自らが輝いて、自らの〝ひ〟たることを諾（肯）けておられるのですから《うけひ》であります。

私はお姉上の〝ひ〟の光りを受けて喜び、その上に、自分がお父上の伊邪那岐大御神からいただいた〝い〟の力を発見して、それを諾（肯）けておるのですから、やっぱり《うけひ》であります」

とお答えになりました。

すると、天照大御神は

「本当にそうでありました。《うけひ》と申したらよろしいですね。

ところで、須佐之男命よ。このような《うけひ》ができたのですから、さらに、この《うけひ》の中から何かしなければならぬと思いますが、どうでしょうか。〈あかきこころ（清明心）〉の第一の証《あかし》は、あなたの中にあるすべての要素を統一することによって、立派にできたのですから、さらに進んで、第二の証を立てることはできないものでしょうか」

と仰せになりました。

須佐之男命は、再びじっとお考えになっておいでになりましたが、やがて、元気よく仰せになりました。

「お姉上、よくわかりました。ただいまのように《うけひ》をいたしました上は、伊邪那岐《いざなぎ》、伊邪那美《いざなみ》の二柱《ふたはしら》の神の〈いざな〉の意気込みを身に受け、高御産巣日神《たかみむすびのかみ》、神産巣日神《かみむすびのかみ》の〈むすび〉を実現して、天之御中主《あめのみなかぬしの》神《かみ》の〝み〟を現わす〈こ〉を産まなければならないと思います。

〝ひ〟の照るところ〝ひ〟の光りが現われるところで〈ひと〉の元となる〈みこ〉を産むことにいたしましょう。

お姉上と私とが《うけひ》を徹底いたしましましたならば、必ずこの根本的な大事業が、立派に成し遂げられると存じます」

須佐之男命の、このようなお言葉をお聞きになって、天照大御神のみ光

はいよいよ照り映《は》えました。そして、天照大御神は
「よろしい、その通りです。これで私もあなたも、ここに本筋の一大事を行うことができることになりました。何という嬉しいことでしょう。いざ《うけひ》を徹底して〈みこ〉を産みましょう」
と仰せになりました。

# あとがき

以上、書き下ろしてまいりました。

書き下ろしてはまいりましたが、何としても心苦しいことであります。「何という大胆なことをやってのけたものか」と、自分のことですが、空恐ろしい気がします。

いまさら取り消したところで、いったん構想に現わしたことは消えません。そう思って、このまま読んでいただきます。どうぞ、私の書いたものを通して、ご自分で直接に『古事記』を体読して下さることをお願いいたします。私の書くものは、ほんのその手引きにしていただけば結構なのであります。

## □ 根本の力

まず《うけひ》ということを中心にして反省してみます。須佐之男命と天照大御神との間で行われた《うけひ》ということの教えは、私どもに

「〝ひ〟の何ものであるかを考えなさい」

ということが根本でありますが、ここではその問題にはふれません。言葉で現わすことはできるものではありませんから、そこで、やむをえず私どもの日常生活を中心にして、気の付いたことをお話するということに止めます。

さて《うけひ》ということは、私どもの生活においては、人間の持っている一番の奥にある力を取りいだすことで、その力を〝ひ〟というのであります。また、その〝ひ〟の力があるところという意味で人間のことを〈ひと〉と言い、この力は、個人について言えば、人間の中にあるとともに外

にもあります。したがって、外からの力を受け入れると考えれば〈受け日〉になりますし、中にあるものを確認すると考えれば〈許（肯）け日〉になるのであります。

この根本の力が出たときに、初めて私たちの生活は、あるがままで〈うるわしい〉ことになるのだろうと思います。また、この根本の力が〈こころ〉として動くときに、それを〈まごころ〉と言うのであって、この〈まごころ〉を〈あかきこころ〉と言うのであります。

したがって〈まごころ〉も〈あかきこころ〉も言葉とか観念とか概念ではなくて、もっとも確実に存在するものであります。その〈まごころ〉を他の人にも出していただき、また自らの中に出すことが《うけひ》であります。

つまり《うけひ》は〈まごころ〉と〈まごころ〉の頷《うなず》きあいであります。人生の楽しさ、喜ばしさの中には、これ以上のものはありません。この〈まごころ〉と〈まごころ〉の頷きあいは、第一義的には、全く自由自在の境地で、ただもう人生至上の楽しみを味わうのですが、この人生至上の楽しみとしての首肯きあいの中からは、必ず何か本当のことをしようという心が出てまいります。

そこで、この〈何かしよう〉ということについて申し上げますと、これが〈ちかい〉とか誓約とかいうことになります。それで『古事記』や『祝《のり》詞《と》』では、この《うけひ》を〝宇気比〟と書き『万葉集』では〝得飼飯〟〝受日〟という文字が当ててあるのに対して『日本書記』では〝誓約〟とか〝誓〟という文字が使われております。

## □《うけひ》の気持ち

さて、私どもは、まず《うけひ》に努めることが大事であって、たとえば、仕事をする時には、必ず《うけひ》をして〝ひ〟の力をもとにしなければならないのであります。

ただ、いたずらに仕事そのものについて、その仕事を必ず成し遂げるというような誓いを立ててはなりません。たとえ仕事について誓いをたてましても、本当に考えれば、結局はその仕事について〈まごころ〉を元にして最善を尽くすということになるからであります。

この〈ちかひ〉ということも、言葉の起こりは、ある仕事を成し遂げることによって〈ひ〉に近づくことであるかもしれません。

人さまに手紙を書いて、いろいろなことを申し送って、最後に『かしこ』と書くのも

「いろいろな事柄を申しましたが《うけひ》の気持ちで申し上げました。私が申し上げたことの中から〈きたなき〉ことの生まれませんように、私は慎《つつし》んで《うけひ》によって申し上げました。あなたも《うけひ》をして

下さることをお願いします」

という意味であろうと思います。

たとえば、神社に参拝いたしますのは、この《うけひ》をしに参るのであろうと思います。

西行《さいぎょう》法師が

何ごとの　おわしますかは　知らねども

かたじけなさに　涙こぼるる

という歌を詠んでおりますが、これは《うけひ》の喜びを歌ったものであると存じます。

神社のことを〈おみや〉と申しますが、この場合の〝み〟は〝ひ〟のことであります。宮は霊屋か霊家でありましょう。〈おまいり（参拝）〉はすなわち《まいのぼり》であると存じます。

また《うけひ》は、その内容から言えば《みそぎ》になります。《みそぎ》

とは〝み〟を注ぎかけることであります。〝み〟の力（ひかり）を注ぎかけて、穢《けが》れたる物事を麗《うるわ》しくするのであります。

　そして〝み〟の力（ひかり）が注がれたところの〝ひと〟の有り様を〈みこと（命）〉と申します。あるいは〝み〟の力（ひかり）の注がれたところの物事の有り様を〈みごと（見事）〉と申します。

　人生は、個人について言えば、持っているあらゆる性質、性能の円満・完全なる発達・発揚《はつよう》が目的であります。この人生の目的を実現するためには、《うけひ》が何よりも大切であります。また、個人が生活を実現するときには、必ず他人との交渉なしには生きていかれませんが、他人との関係交渉の根本もまた《うけひ》が何よりも大切であります。

　このように考えてみますと、天照大御神と須佐之男命との間に行われた《うけひ》の教えは、尽きるところのない深い教えを持っているように思われるのであります。

## □《うけひもち》ということ

次に《うけひもち》ということについて申し上げます。

《うけひ》をいたしまして〝ひ〟の力（ひかり）が出てきますと、それによってすべての物事が、それぞれ適当な位置を持って生きてきます。そして、各々はっきりした受持ち分担を持って、根本力に仕えるようになります。根本力をいよいよ現わそうと努めることになります。

この場合、すべての物事が受持ち分担を持ったということは、無上の喜びであって、この受持ち分担は〝ひ〟の力（ひかり）を受けたことによって生じたところの受持ち分担ですから、これを《うけひもち》と言い、これが受持ちということの元なのであります。

私どもの身体を反省してご覧になれば、このことはよく理解できましょう。われわれを〝ひと〟として生んで下さった父母によって授かったところの〝ひ〟の力（ひかり）を中心にして、身体の各部が、実によくこの《うけひもち》をやっておるのであります。《うけひ》の心に立ちましたならば、足の喜びは手の喜びであり、口の喜びは腹の喜びになっております。

他人との間、家庭の中、国家の間などに、この《うけひもち》が徹底いたしましたならば、世の中は実に麗しくなると思うのであります。この《うけひもち》が徹底しないために富める者は傲《おご》り、貧しき者はひねくれることになるのであります。高き地位にある者は権勢を振るい、低き地位にある者は凶暴《きょうぼう》になるのではないかと思います。

そして《うけひもち》の自覚がはっきりするためには《まいのぼり》をして〈ひのかみ〉を拝まなければなりません。そして〈ひのかみ〉を信じ〈ひつぎのみこ〉をいただく〝ひと〟である日本人は、みんな《まいのぼり》をして〝ひ〟の力を受けて〈ひのくに〉の生成発展に尽くすことを喜びたいのであります。

## □ みこうみ

次は〈みこうみ〉ということを中心にして申し上げます。

須佐之男命が《うけひ》のあかし（実現、証明）として

「みこうまな（子生）」

と仰せになったと『古事記』には書いてありますが、これは何という有難いお言葉、申し尽くせない味の深いお言葉であると存じます。

そのことについて申し上げますと、須佐之男命がお示しになったところの《うけひ》の教えを私どもも守ることができると思うのでありますが、私どもが《うけひ》をする場合に、自分の中から〝ひ〟としてうけ（諾、肯、承）出すところのものは、須佐之男命が祖神伊邪那岐大御神の〝い〟としてお出しになったように、われわれもまた自分の父母から生命としていただいたところのものであると存じます。

私どもが父親から頂いたところの生命の〝い〟には、大小も形もありま

せん。目に見、耳に聞くこともできません。しかし、確かに父母から頂いたところの〝い〟がございます。その〝い〟が、天地の恵みを固め成して現在あるがごときわれわれになったのであります。

この人間の中に〝い〟（生命）として現われているものは、あらゆる生物の中にも、また、あらゆる植物の中にもあると思います。さらには、感覚を持っては覚知し得ないような形で、無生物の中にも存在するところのものであります。

このような〝い〟（生命）を、明らかにする（発見、確認、肯定）ことが《うけひ》ですから、《うけひ》をしたならば、この〝い〟（生命）の発展、拡張をはかることは当然ですし、《うけひ》の結果が〈みこうみ〉になるのは、また当然のことだと思います。

## □ 事実を確認

非常に難しい理屈を申しましたが、そんな難しいことを考えなくても、私どもは自分が確かに生きていることを承知しておりますし、この自分は死にたくありません。あるいは、子どもは自分自身より可愛いものでありますす。この事実を認めなければ、人生問題は何も起こってまいりません。

人間の生きていることの事実、生きたいことの事実を事実として確認しなければ、すべてが混乱しますから、これが人生問題解決の出発点なのであります。ここを出発点として

「いかに生きるべきか」

という問題が、次に発生するのであって、〈善いか悪いか、正しいか正しくないか〉などという価値判断は、後から発生してくるのであります。

したがって、人生は生きる価値があるかないかとか、あるいは、人生が正しいか正しくないかを考えるのは、二次的なものをもって一次的なもの

を見ようとするもので、順序を間違えた考え方であります。

## □ 生命を継ぐ

人間がいたします〈おこない〉（行、仕事）の中で、いちばん元のものは〈みこうみ〉、つまり、子どもを産むことであって、これくらい誰にもできて、これくらい麗しい〈おこない〉は他にはございません。

その他のすべての〈おこない〉は、この〈おこない〉をするために、二次的に発生してくるのであって、このような〈みこうみ〉を中心にして、家が固まり、国も固まり、産業も交通も、その他のあらゆる事と技が発生し、発達して、活動を始めるのであります。

したがって、この〈みこうみ〉に対する自覚のない人と、そういう人が多いところは、全く〈きたない〉と言うより他はないと思います。

一般的に

「人生の三大事は、出産、結婚、死である」

とされているのを見ても、それを一貫する中心が〝い〟（生命）にあることは首肯《うなず》けると思います。

大事なことでも、脱線すると汚くなります。売春制度、淫祀邪教《いんしじゃきょう》、自殺の流行というような現象は、病的な汚い姿でありまして、これらの存在を見て、人々は心から泣かなければならぬのであります。

最後に〈うけひ〉の〝ひ〟は〈たかみむすびのかみ〉〈かみむすびのかみ〉の〝ひ〟ですから、その活動は当然〈みこうみ〉になり、〈ひとうみ〉になるのであります。

したがって、結婚することを〈むすび〉と言い〈とつぎ〉と言います。〈ひと〉と〈ひと〉が〝ひ〟を中心にして一つになって〈ひと〉を生むことですから、〈むすび〉〈とつぎ〉という言葉は、結婚の中に含むいろいろな大切な意味を現わすのであります。

また、〈むすび〉は〝ひ〟がものを作ること。つまり、〈うむす（産）び〉を表わします。さらに〈ひと〉と〈ひと〉とを結ぶ意味も現わします。〈とつぎ〉は〈ひとつぎ〉であって、二人の〈ひと〉を接ぎ合わせる意味を現わすとともに祖先から受けた〈ひと〉の〝い〟（生命）を後に継ぐ意味も現わしております。

# 改編に際して

《新釈古事記伝》という題名のもとに編纂《へんさん》の第一集『袋背負《ふくろしょい》いの心』、第二集『盞結〈うきゆい〉』、第三集『少彦名〈すくなさま〉』までは、大国主命に縁《ゆかり》のある物語でありました。

続いて編纂の第四集『受け日』と第五集『勝佐備〈かちさび〉』は、建《たけ》速須佐之男命《はやすさのおのみこと》に縁《ゆかり》のある物語であります。

これまで世間一般では、建速須佐之男命というのは

「荒《すさ》ぶる神」

として知られていますが、阿部國治《くにはる》先生は倫理学的論考によって

「開拓の神」

としての解釈を試みられました。

このことは、第一章《なきいさち》、第三章《いつのをたけび》で、味わっていただいたとおりですが、本書の核心の部分は、第四章《うけひ》であることは言をまちません。

『古事記』の原文は、わずか一行足らずですけれども、筆者の阿部國治先生は数多《あまた》の紙幅《しふく》を費やして

「味わっても味わっても、味わい尽くせないところです」

と結ばれております。

私自身も、これの改編に際しては、阿部國治先生の解釈を曲げはしないかと懼《おそ》れ、幾度《いくど》となく読み返し考え直して、ここに上梓《じょうし》しましたが、いまも折《おり》を見ては繰り返し味わい直しております。

神話については、いろいろな扱い方、読み方がありますし、その評価にいたっては、人によって雲泥《うんでい》の差がありますが、一九四五年、ＧＨＱ（日本を占領した連合国軍総司令部）の神道指令の

「荒唐無稽《こうとうむけい》の物語」

という指弾《しだん》によって、一度は闇の中に葬られた形になっておりました。

しかし、戦後、半世紀余をへて、数多の識者によって見直されつつありまして
「神話の中には、原始時代から古代にかけての日本民族の世界観・人生観が語られている」

という解釈が定着し始めております。

私は機会あるごとに
「『古事記』の神話の巻は、日本民族が原始以来の体験と悲願を込めて謳《うた》い上げた抒情詩《じょじょうし》である」

と言ってきましたが、この確信は揺《ゆ》るぎないものとして、ますます高ぶりつつあります。

平成十五年五月

栗山　要
（阿部國治先生門下）

〈著者略歴〉
阿部國治（あべ・くにはる）
明治30年群馬県生まれ。第一高等学校を経て東京帝国大学法学部を首席で卒業後、同大学院へ進学。同大学の副手に就任。その後、東京帝国大学文学部印度哲学科を首席で卒業する。私立川村女学園教頭、満蒙開拓指導員養成所の教学部長を経て、私立川村短期大学教授、川村高等学校副校長となる。昭和44年死去。主な著書に『ふくろしよいのこころ』等がある。

〈編者略歴〉
栗山要（くりやま・かなめ）
大正14年兵庫県生まれ。昭和15年満蒙開拓青少年義勇軍に応募。各地の訓練所及び満蒙開拓指導員養成所を経て、20年召集令状を受け岡山連隊に入営。同年終戦で除隊。戦後は広島管区気象台産業気象研究所、兵庫県庁を経て、45年から日本講演会主筆。平成21年に退職。恩師・阿部國治の文献を編集し、『新釈古事記伝』（全7巻）を刊行。


**新釈古事記伝 第4集**
**受け日〈うけひ〉**

平成二十六年 四 月二十九日第一刷発行
令和 四 年十一月 二十 日第六刷発行

著者 阿部國治
編者 栗山 要
発行者 藤尾秀昭
発行所 致知出版社
〒150-0001 東京都渋谷区神宮前四の二十四の九
TEL（〇三）三七九六—二一一一
印刷・製本 中央精版印刷
落丁・乱丁はお取替え致します。 （検印廃止）




ISBN978-4-8009-1034-9 C0095
ホームページ http://www.chichi.co.jp
Eメール books@chichi.co.jp